최도통전
(崔都統傳)

최영 전기소설

[필독서] 현대문학 소설

최도통전(崔都統傳) : 최영 전기소설

발　행 | 2018년 09월 10일
저　자 | 신채호
펴낸이 | 한건희
펴낸곳 | 주식회사 부크크
출판사등록 | 2014.07.15.(제2014-16호)
주　소 | 경기 부천시 원미구 춘의동 202 춘의테크노파크2단지 202동 1306호
전　화 | 1670-8316
이메일 | info@bookk.co.kr

ISBN | 979-11-272-4765-2

www.bookk.co.kr
ⓒ 신채호 2018

역사 전기 소설

최도통전
(崔都統傳)

최영 전기소설

신채호 지음

차례

머리말

최도통전(崔都統傳) : 최영 장군 전기소설

머리말

신채호
申采浩 (1880~1936) 항일 독립투사·사학자·언론인.

 호는 단재(丹齋)·일편단생(一片丹生).
광무 3년 성균관에 들어가 1905년 성
균관 박사가 되었으나 그해 을사조약이
체결되자 [황성신문]에 들어가 논설을
쓰기 시작, 독립투쟁의 방향을 제시하
여 민족혼을 일깨우기에 앞장섰다.

1910년부터 1936년까지의 망명생활 중에 우리 민
족의 고대 활동무대를 답사하면서 우리 민족의 고대
사 연구에 주력하였다. "조선상고사, 조선상고 문화
사, 조선사연구초" 등이 이 때에 기초되었다.

1928년 조선인 무정부주의자 북경회의의 동방연맹
대회에 참여하였다가 일경에 검거되어 여순 감옥에
복역하다가 뇌일혈로 사망하였다.

* 일러두기
'신채호' 작가의 원작 그대로 토속어(사투리, 비속어)
를 담았으며 오탈자와 띄어쓰기만을 반영하였습니다.
(작품 원문의 문장이 손실 또는 탈락 된 것은 'X',
'O', '?'로 표기하였습니다.)

- 신채호 -

최도통전

- 崔都統傳 -

제1장
서론

살아서는 그 북과 징소리가 나는 곳에 산이 날고 바다가 솟는 듯하더니 죽어서는 무덤가에 행적이 처량하며, 살아서는 그 군사를 지휘하여 적군을 격파하는 위풍에 하늘이 맑고 날씨도 명랑하더니 죽어서는 흐른 역사에 정령이 적막하여 그 늠름한 충혈(忠血)은 개 같은 무리들의 비평거리가 되며 뛰어난 무공은 눈먼 역사에 말살당하고 무정한 무덤만 산에 덩그러니 남아있는 것은 우리나라 최고의 영웅 최도통이 아닌가?

우리나라 근세에 최도통같은 영걸이 한 사람 있다는 것은 다행스러우나, 우리나라 근세에 최도통 혼자뿐이라는 것은 불행한 일이다. 예로부터 무예를 숭상하는 우리 부여족(扶餘族)이 근세에 이르러 그 기운이 갑자기 떨어져 겨우 최도통 한분만 있으니 어찌 이처럼 불행함이 있으리오마는 그러나 최도통 한분으로 인하여도 능히 우리나라 역사를 빛내며 우리 부여족의 정신이 죽지 않았음을 증명하는 것이니 또 어찌 커다란 다행이라 하지 않겠는가?

내가 우리나라 역사를 읽다가 단기 3500년경 고려 원종(元宗)이후로부터 근세에 이르는 약 7백여 년 사이의 일을 보면 분노한 머리카락이 벌떡 서고 주먹이 불끈 쥐어져 역사책을 갈가리 찢어 불에 던지고 싶었던 때가 여러 번 있었다. 대개 이 7백여 년 동안은 우리의 산하에 천일(天日)이 어둡고 기운이 처참한 시대라서 단군부루(檀君夫婁)의 거룩한 자취를 다 쓸어 쇠잔하고 고구려 발해의 유산을 다 팔아 없애고 커다란 노예지옥을 만들어 그 안에 앉아서 나는 임금이라 하고 너는 신하라 하고, 나는 벼슬아치라 하며 너는 백성이라 하고, 나는 재상이라 하며 너는 대장이라 하고, 나는 유현(儒賢)이라 하며 너는 청류(淸流)라 하고, 나는 정치가라 하며 너는 외교가라 하고, 나는 시인이라 하며 너는 문학가라 하여 태평무사한 때는 노예 같은 말을 익히고 일이 있을 때는 노예의 무릎을 공손히 꿇어서 대원(大

元)이니 대명(大明)이니 대청(大淸)이니 하는 상전의 이름이 여러 번 바뀌니 송구영신(送舊迎新)하는 예절이 매우 번거롭고 소방(小邦)이니 소조(小朝)니 소신(小臣)이니 하는 천한 명칭이 이미 몸에 배어서 독립자존 하는 정신이 아주 없어져 버렸도다.

아아! 슬프도다! 이는 암흑시대의 마귀굴이라. 저 이른바 성현이란 것이 무엇이며, 저 이른바 영웅이 무엇이며 또 저 이른바 충신열사가 무엇인가? 노예의 눈으로 본다면 그것도 과연 성현이며 그것도 과연 영웅이며 그가 과연 충신열사이지만, 만일 한걸음 더 나아가 하늘이 내린 순결한 독립심으로 이것을 보면 이 또한 하나의 노예요 저것도 하나의 노예이다.

무릇 이 7백여 년간의 역사는 다만 어리석은 노예정신으로 채운 것이니, 이 7백여 년 동안의 역사를 읽으며 우리국민을 위하여 통곡하는 나의 소리가 지구를 진동케 하는구나. 그렇다면 이 7백여 년의 역사에는 과연 한 두사람도 능히 국가의 정신을 발휘하여 외국을 숭배하는 미련한 꿈을 깨버리고 우리 단군자손의 진면목을 나타나게 한 사람이 없는가?

내가 이에 분개함을 품고 방방곡곡을 뒤지며 5천 년
간의 인물을 찾아서 밤새워 구름낀 하늘에 비추이는 밝
은 별을 찾으매 책상은 적막하고 등불은 가물거리는데
갑자기 눈의 정기가 새벽별처럼 번득이고 수염이 모두
하늘을 향해 일어선 일대 결장부가 내눈 앞에 근엄하게
섰으니, 아아! 이는 내가 꿈에 그리던 최도통이구나.

최도통의 죽음이 지금 5백여 년이 지났으나 나의 눈
에는 그의 모습이 완연하며, 나의 귀에는 그의 기침소
리가 길이 들린다. 나의 최도통이여, 나의 눈뿐만 아니
라 우리 2천만 동포의 눈에도 익히 보이고 나의 귀 뿐
만 아니라 우리 2천만 동포의 귀에도 모두 들리게 하
소서. 몇 백 년 동안 우리나라 사람들은 비열한 무리의
모습만 보고 공(公)의 모습은 보지 못하였으며, 비열한
무리의 소리만 듣고 공의 목소리를 듣지 못한 까닭에
이처럼 위대한 국민이나 꼼짝없이 비열한 국민이 되고
말았구나.

동해의 어룡(魚龍)도 공의 성(姓)을 오히려 기억하며 요동벌 초목도 공의 뛰어난 이름을 오히려 무서워하는데, 이 지혜로운 국민으로 하여금 공의 모습을 아주 잊게 함은 어찌 노예 같은 역사가의 허물이 아니겠는가?

고려사에 최도통이 북벌한 일을 기록하였으나 하나는 잘못된 것이라 하고 하나는 망령된 것이라 하여 최도통을 욕함이 이르지 않은데가 없으니 그들 무리가 비록 수백 번 욕을 한다 하더라도 어찌 최도통의 터럭 하나라도 다치리오 마는 그러나 최도통은 단군의 어진 자손이며 부여족의 대표라, 그 입으로 쌓인 요망한 기운을 꾸짖어 없애고 그 손으로 지는 해를 되돌려 놓으며 늠름하고 눈처럼 흰 큰칼을 휘두르며 국가의 독립을 외친 분이니 우리 국민들 모두가 공을 축원하며 모두 공을 생각하며, 모두 공이 간직한 목적과 같이 전진하였다면 우리나라의 영광이 천지를 비추어 동서열강들이 감히 침략하지 못하였을 것인데 슬프다. 공의 모습이 그들이 욕하는 소리에 파묻혀 우리국민이 필경 공을 잊고 그의 뜻을 받든 자가 없게 된 것이니 어찌 그들의 죄를 용서받을 수 있겠는가?

최도통이 일찍이 말하기를 "내가 깊은 밤에 혼자 나랏일을 계획하고 이튿날 아침 도당(都堂)에 나아가 여러 재상들에게 말해도 아무도 나와 마음이 같은 사람이 없다"고 하였으니 슬프다 그 말이여. 칠십 평생에 마음을 다하여 나라일을 꾀하였으나 한명의 동지도 얻지 못하고 맨손으로 혼자 울고 말았구나.

비록 그러하나 나는 당시 수백 명의 관리 중에 마음이 같은 자가 없었음을 슬퍼하는 것이 아니라 그 후 5백년에 마음이 같은 자가 없는 것을 슬퍼하는 것이니, 당시에 공과 마음이 같은 자가 없어 공의 마음만 괴로울 뿐이거니와 5백 년 동안 공과 마음이 같은 자가 없어 국민의 욕됨이 빈번하였으며, 당시에 공과 마음이 같은 자가 없어 공의 힘만 야위어질 뿐이거니와 5백년 동안 공과 마음이 같은 자가 없어 국민의 고통이 깊었도다.

아아! 슬프구나! 당시에 공과 마음이 같은 자가 없었음은 고려왕조만의 불행이지만 5백 년 동안에 공과 마음이 같은 자가 없음은 우리나라 모두의 불행이다. 내가 전년에 관골[관동(館洞)]을 지나다가 동리 우측에 빛나는 단청(丹靑)을 한 작은 사당이 얼핏 보이길래 동리 사람에게 물었더니 최대감의 것이라 하는데, 내가 그 화상에 절을 하고 보니 그 광채나는 두 눈이 오히려 요동을 향하여 노려보는 듯하였다. 내가 이에 탄식하여 말하기를 "애석하구나. 공이 어찌하여 여기 있느뇨. 무슨 까닭에 여기 있느뇨. 그때 동쪽을 정복하고 북쪽을 치던 말과 긴 창을 버리고 여기에 와서 한둘의 요망한 무당이 병 낫기를 빌고 복을 구하게 하니 공의 영혼이 이를 안다면 어떠한 감정이 날까? 그러나 우리 국민이 미신으로 공에게 숭배하지 말고 옳은 마음으로 공에게 숭배하며, 사사로운 복을 공에게 빌지 말고 공공의 복으로 공에게 빈다면 국민의 고통을 낫게 하고 행복을 얻을 수 있을텐데" 라 하였다. 침침한 어둔 티끌에 공의 자취가 오랫동안 덮여 있는 것이 나의 애통해 하는 바이다. 때문에 여기저기 널려있는 역사기록을 찾으며 마을에 전해지는 이야기를 모아 공의 마음을 그려내고자 하니 무릇 우리나라의 뛰어난 영웅 최도통전(崔都統傳)을 읽는 혈기 있는 국민들아!

제2장

최도통 이전의 우리민족과 다른 민족

우리 부여족이 흑룡강(黑龍江) 영고탑(寧古塔) 등지에서 번식하여 무릇 2천여 년이지나 삼국시대에 이르러 비로소 우리나라 전 지역과 요동, 심양 각처에 퍼져 남부와 북부로 나뉘었으니, 남부는 한강이남에서 발달하였고, 북부는 압록강 이북에서 발달하였다.

이 남·북부의 중간에 중국 족이 와서 번식하여 기씨(箕氏) 이후로 점차 강성하여 그 일부가 우리 남부를 침입하기까지 이르고 또 그 중국본토의 실력이 충족될 때에는 늘 우리민족과 충돌하여 서로 싸우니 이것이 우리 민족의 첫 번째 적국이요, 우리민족의 북부와 인접한 유연(柔然)·선비(鮮卑)·거란(契丹)·몽고(蒙古) 등의 민족이 때때로 일어나 우리민족에 대항하며 혹은 중국 북부 모두를 차지하고 그 기세로 우리를 넘보니 이것이 우리민족의 두 번째 적국이요, 동경 129도 대한해협을 건너면 섬이 나란히 세 개가 있는데 그 나라가 일본이다. 그 일본민족을 일부사람들은 우리남부의 옛 백제 땅의 후손으로 알고 있으나, 그러나 그들의 언어풍속이 우리민족과 전혀 다르고 또 수천 년 동안을 우리민족에 대하여 바다로 발전할 방해가 되었으니 어찌 동족으로 볼 수 있겠는가 이것이 세 번째 적국이다.

피비린내 나는 어려운 싸움을 계속해서 단군 27, 8세기경, 삼국시대 말에 이르러 승패의 상황을 되돌아보니 적들이 모두 백기를 들어 우리민족에게 패하였다. 동명왕(東明王)·대무신왕(大武神王)·광개토왕(廣開土王)·부분노(扶芬奴)·바보온달(溫達)·을지문덕(乙支文德)의 여러차례에 걸친 소탕으로 낙랑(樂浪)·임둔(臨屯)에 퍼져 있던 기씨(箕氏)·위씨(衛氏)·최씨(崔氏)·장씨(張氏)등 중국민족이 항복하거나 패하여 도망하였으며 숙신씨(肅慎氏)·모용씨(慕容氏)·우문씨(宇文氏)·보육씨(普六氏) 등의 족속이 연달아 패망한 후 절대영웅 천개소문(泉蓋蘇文)이 등장하여 산을 옮기고 바다를 뒤엎는 웅대한 지략으로 주변의 족속들을 정복하며 용의 빛이 하늘을 밝히는 오대도

(五大刀)를 휘둘러 중국아이가 그 이름만 들어도 울음을 그치게 하였으니 이는 우리 북부민족의 영광이요, 비류(沸流)·온조(溫祚)·박혁거세(朴赫居世)·석탈해(昔脫解)·진무(眞武)·거칠부(居柒夫)에 이르는 경영을 거쳐 본토의 각 부락이 통일되며 해외의 다른 민족들이 모두 멀리 도망한 후 태종(太宗) 같은 뛰어난 임금과 김유신(金庾信) 같은 어진 재상이 함께 나서 천년동안 바닷가에서 노략질하던 무리들을 깨끗이 쓸어버리고자 하여 만리에 군사를 일으켜 동쪽 바다 끝까지 진격하여 대판(大阪)을 격파하여 성하(城下)의 맹약을 맺으니, 저 3천년 요새지를 뽐내던 일본인의 콧대를 꺾어버렸으니 이는 우리 남부민족의 영광이다.

아아! 위대하다. 이때가 우리민족의 고대사(古代史)에서 가장 명예로운 역사이다. 그러나 이때에 우리민족을 위하여 하나 유감을 품었으니 동족을 모아 다른 민족을 배척하지 못하고 도리어 다른 민족을 불러서 동족을 해롭게 하였음이 그것이다.

대저 남북이 서로 원수처럼 된 것은 고구려와 신라 중

엽부터 시작되어 말엽에 이르러서는 거의 물과 불이 서로 부딪치는 것과 같아 전쟁함이 그칠 날이 없고 김유신처럼 엇짐으로도 당나라 군사를 불러 들여 고구려를 친 것이다.

또 고구려가 망하고 발해가 흥기하여 그 화가 조금 그쳤으나 마침내 동족으로 서로 사랑하는 뜻이 아주 없어서 흥하건 망하건 서로 모르는 체 하다가 고려 태조가 처음으로 일어나자 발해가 거란에 함락되어 압록강으로부터 서쪽으로는 우리 단군자손의 목소리가 아주 끊어졌으니 슬프도다. 북부는 곧 우리민족의 발상지일 뿐만 아니라 또한 우리의 목구멍인 것이니 이를 얻거든 모든 힘을 다해 지키며 이를 잃거든 모든 힘을 다해 싸워야 할 것인데, 이제 단군 이후 3천년동안 전해 내려오던 강토를 다른 민족의 말등에 실어 보내고 한 귀퉁이에 마른 채 앉아서 세상을 피하여 생활하고자 하니 어찌 가련하지 아니한가?

발해가 멸망하던 날이 고려가 창업하던 날이니 그 발흥의 기운을 타고 강한 군사와 말을 몰아 동족의 원수를 갚아야 할 때이거늘 이때를 한번 잃었으며, 강감찬(姜邯贊)이 귀주(龜州)에서 거란군을 크게 무찌르니 그 기운이 송화강(松花江) 동쪽에 떨쳐 발해유민의 귀를 놀라 세우게 하였으니 싸움에 이긴 여세를 몰아 진군하여 떨어져 살아 호소할 곳이 없는 동족을 불러 구원하고 우리의 옛 영토를 회복할 때이나 이 기회를 또 잃고 단지 우둔하고 깨달음 없는 비루한 선비와 용렬한 노비들만 모아 문을 닫고 나가지 않는 것으로 원대한 계책으로 삼더니 아아! 슬프도다. 경쟁은 하늘이 내린 사람의 직분이며 생활하는 자본이다. 때문에 하늘이 내린 직분을 잊어버리고 자본을 버리면 반드시 말라 죽는 지경에 빠짐은 개인도 그러하고 국가도 그러하니, 이렇게 경쟁에 힘을 쓰지 않는 국민으로 어찌 무사한 안락함을 얻겠는가. 이제 커다랗고 깊은 재앙이 좌우에서 침입하는구나.

저 거란이 발해를 이미 함락시키매 반드시 뛰어넘어 우리를 침략할 때인데 어찌 귀주의 한번 패배 때문에 병장기를 던져 버리겠는가? 다만 남쪽으로 중국에 일이 있고 북쪽으로 발해유민으로 보복을 꾀하는 자가 오히려 많음으로 동쪽으로의 침략기회가 없었던 것이며 그 후에 거란이 망함에 여진(女眞)이 그 땅을 대신 차지하고 중국의 송(宋)을 멸망시키며 몽고(蒙古)와 토번(吐蕃)을 통합하고 대금제국(大金帝國)을 세우니 이제 우리의 근심이 바야흐로 크나 다행히 그들은 원래 우리 부여족의 한 갈래인 것이다. 때문에 오아속(烏雅束)이 "고려는 우리의 모국이다"라고 하였고, 아골타(阿骨打)는 "고려는 우리 조상이 낳은 나라"라 하여 화살 한 개라도 던진적이 없으니 동족의식 때문이 아니겠는가? 그러나 이는 우리나라의 다행스러움이 아니라 다만 우리나라 사람의 일시적 편안함을 쫓는 마음만 키워준 것이다.

기개가 세상을 뒤엎는 영웅 성길사한(成吉思汗, 원(元) 태조(太祖))이 그 가운데에서 낳아 나라이름을 「대원(大元)」이라하고 긴 채찍으로 중국 4백만여 주(州)를 병탄하며 아라사(俄羅斯, 러시아) 수백만 방리(方里)를 빼앗으니 그 병력이 향하는 곳에는 산과 내의 색깔도 변하는지라 이때 우리나라 사람들은 군사를 키우고 말을 길러 적을 막는 용맹을 떨쳐 조종(祖宗)의 역사를 더럽히지 말았어야 했는데 애석토다 저 용렬한 임금과 흉포한 신하들이 담장안의 권리를 가지고 서로 싸우다가 모두 호랑이를 불러들여 스스로를 지키려고 문을 열고 도적을 불러들이며 북녘변방에서 몽고를 여러 차례 쳐부순 박서(朴犀) 최춘명(崔椿命) 등은 도리어 죄로 얽어서 우리 민족의 배외정신(排外精神)을 영원히 없애버렸으니 아아! 슬프다. 저 악마 같은 무리들이 재앙을 만듦이 지금까지 역사책을 읽는 사람으로 하여금 분한 통곡을 하도록 하는구나. 이는 단군 36세기경인 고려 원종(元宗)이 왕으로 있던 기간이다. 악마 같은 무리들의 노예근성은 점점 커가고 다른 민족의 기세는 날로 강해져 우리나라의 지옥은 날로 깊어져 갔다.

충렬왕(忠烈王) 이후에는 이른바 임금과 정부는 몽고국의 허수아비가 되어 살리고 죽이고, 주고 빼앗는 것이 그들의 손에 있으며 서북일대의 영토는 여러 차례 빼앗기고 금은보화는 오랑캐의 조정으로 나르기 날로 분주하니 슬프다 우리민족이여. 수천 년 내려오는 독립심이 이렇게 사라지고 말며 수천 년 내려오는 애국심이 이렇게 다하였는가? 나라가 망하고 백성이 죽어 하늘이 슬프고 땅이 비통하다.

시국의 형편이 37세기경 충정(忠定) 공민왕(恭愍王)대에 이르며 더욱 사람을 기절하게 할 일이 있으니, 저 몽고의 기세는 점점 쇠퇴하나 그 마지막 기세로 더욱 우리나라를 억누르고자 하며, 또 중국남쪽 나라에 혁명의 영웅이 벌떼처럼 일어나는데 번번이 그 새로 일어난 기운을 가지고 우리나라를 먼저 삼키고자 하며 또 일본의 북조(北朝)가 새로 통일한 뒤에 지난날의 원수를 갚고자 우리의 국경을 여러차례 침입하니 동서로 적의 요망한 기운이 하늘을 뒤덮어 우리나라의 존망이 터럭처럼 위태롭게 되었다.

모든 국민이 모두 다 애통한 소리를 크게 내어 영웅의 탄생을 기도하여 절대 영웅이며 위대한 애국자인 최도통이 탄생하여 우리국민의 고통을 구하였던 것이다.

제3장
최도통의 전반생(前半生)

최도통의 이름은 영(瑩)이다. 단기 3645년 고려 충숙왕(忠肅王) 2년에 낳았으니, 고려가 몽고에 패하여 굴욕적 맹약을 맺은지 83년이 지났고 몽고 세조 홀필열(忽必烈)이 중국을 통일한 지 35년이 지났으며 일본은 김상락(金上洛)이 일기도(一岐島)를 함락한 이후로 분함을 이기지 못하고 늘 바다위에 출몰하여 우리나라 변방 백성들에게 해를 끼치던 때였다. 최도통의 조상은 선비의 가문이다. 대대로 문학을 숭상하였고, 아버지의 이름은 원직(元直)이니 벼슬은 사헌규정(司憲糾正)에 이르렀고 청렴결백하기로 유명하였다.

최도통이 어렸을 때 그의 아버지가 일찍이 무릎위에 안고 그의 이름을 부르며 축원하기를 "영아! 너는 나라 사랑을 집과 같이 하라. 나라의 형편이 날로 멸망하는 것은 모든 사람들이 집만을 알기 때문이니라. 영아! 너는 황금보기를 돌과 같이 하라. 나라일이 날로 비참해지는 것은 모든 사람들이 황금만 좋아하기 때문이니라. 영아! 너는 무예를 배워라 나라의 치욕 됨이 여기까지 이르렀으나 한 개의 화살마저 뽑아 적을 쏘지 못하니 네 아비가 선비인 것을 한탄하니 너는 반드시 무예를 익히거라" 하여 그 맑은 정신의 머릿속에 나라사랑하는 마음과 무예를 숭상하는 마음을 길러 주었으니 아아! 최도통의 최도통 됨이 본래의 천성도 뛰어나거니와 또한 가정교육의 덕택이 아닌가? 다만 최도통이 선비가문의 자손으로서 선비의 업을 버리고 무예에 종사한 것 또한 그 아버지의 가르침 때문인 것이었다.

충렬왕(忠烈王)이 원나라에 잡혀갔다는 슬픈 소식이 전해지자 모든 저자가 문을 닫았는데, 최도통이 이제 10여세의 어린 나이로 거리를 지나다가 이를 물으니 어떤 아이가 "몽고왕이 너희 임금을 잡아 가둠으로 상민이 슬퍼하는 예를 표하는 것이다"라고 말하였다. 이 몇마디의 말이 장래에 나라를 구할 위대한 사람의 마음을 깊이 자극시켰던지 다음날 아침 그 동리아이 수십

명을 모아 군대의 모양으로 편제하고 짧은 머리를 드리운 10여세 된 어린 공자가 팔도병마도통사(八道兵馬都統使)라고 스스로 일컬으며 근엄히 그 가운데에 서서 명령하며 북방으로 행진하거늘 어떤 사람이 그 까닭을 물으니 당당하게 "내가 연경(燕京, 몽고의 수도)으로 행진하여 원의 임금을 사로잡아 나라의 위엄을 떨치고자 한다"고 하였다.

나이가 점점 들며 왜구가 우리의 해안에 난입하여 수시로 노략질하여 여러 고을이 전전긍긍하며 수령(守令)으로서 싸워지킬 것을 의논하는 자가 없자 홀로 분함을 품고 동리의 청년들을 모아 여러 차례 왜구의 길목을 막고 많은 적을 잡아 죽이니 이에 최공자의 용맹스런 이름이 여기저기 떨쳐져 양광도도순문사(楊廣道都巡問使)가 폐백을 보내 불러들여 휘하에 두고 궁달적(弓達赤)이란 벼슬에 임명하였다.

나라를 구하고 백성을 지키겠다는 뜻을 지니고 위로는 조정에 아뢰며 아래로는 동지를 구하였으나 불경(佛經)이 소귀에 들리겠는가? 천리마가 소금밭에서 기운을 쓰지 못하고 무정한 세월은 장부의 머리만 하얗게 재촉하는구나. 뛰어난 장군이 일개 도순문사의 밑에서 10여 년을 허송세월 하다가 공민왕(恭愍王) 10년 역적 조일신(趙日新)이 원나라의 세력을 의지하여 임금을 갈아치우고자 하거늘 최도통이 안우(安祐) 등과 힘을 합해 그를 잡아 죽였는데 그 공으로 호군(護軍)을 제수 받으니 그의 나이 36세였다. 이 36년간이 최도통의 전반생인데 그 역사가 어찌 그리 간단하며 어찌 그리 적막한가? 예로부터 영웅의 사업은 어렸을 때에 기반을 두는 까닭에, 대조영(大祚榮)이 고구려의 나머지 군사를 모아 당나라 도적 이적(李勣)을 격파하던 때가 20세에 불과하며, 김유신이 중악산(中岳山)에 기도를 마치고 삼국사기(三國史記)에 이름이 나타난 때가 18세에 불과하며, 나파륜(拿破倫, 나폴레옹) 대피득(大彼得, 피터대제)이 한나라의 권력을 움켜쥐던 때도 모두 소년시절이거늘 최도통의 전반생 역사는 어찌 그리 간단하며 어찌 그리 적막한가?

아아! 무릇 영웅을 이야기 할 때 마땅히 그가 처한 때의 형편과 그때의 사회를 보아야 하니 그 때와 사회가 영웅이 품은 뜻을 펴기 어려운 때와 사회도 있으며 펴기 쉬운 때와 사회도 있으니, 국민이 무예를 숭상하는 정신이 왕성한 삼국말엽에 태어나 대조영과 김유신이 되며, 열국의 혁명기운이 도도하던 근세서구에서 낳아 나파륜(拿破倫)과 대피득(大彼得)이 되는 것이야 어찌 어려우리요마는 최도통이 만난 시대는 온 나라의 인심이 썩고 비열함이 최고에 달했던 시대여서 다른 나라가 자기 나라 임금을 잡아 가두면 「오호통곡(嗚呼痛哭)」네 자 뿐이며 다른 나라가 자기 나라 땅을 빼앗아도 그 정책이 「애호걸련(哀呼乞憐)」한가지뿐이었다. 이러한 방법과 정책이 거의 전국의 인심을 지배하여 구차한 생활로 세월을 보내는데 그 가운데 비록 하늘을 놀라게 하고 땅을 진동시킬 영웅이 나타나 독립! 독립! 하고 크게 외친들 어찌 쉽게 그 귀를 기울이겠는가?

이럼으로써 10살부터 중국에 쳐들어가 원나라 임금을 사로잡고 나라의 위엄을 떨치고자 하던 최도통의 품은 마음으로도 36년간의 긴．기간에 이룩한 공적이 첫째 왜구 수백 명의 목을 벤 것과, 둘째 조일신(趙日新)의 난을 진압한 것뿐이니 슬프도다. 그러나 굽히는 것은 펴기 위한 토대요, 숨는 것은 도약을 위한 근본인 것이다. 영웅이 장차 떨쳐 일어남에 험난한 길이 반드시 앞서는 것은 그 자질을 단련하며 그 뜻을 키우기 위함이니 이전의 30여 년 동안 최도통에게 어려움이 없었다면 이후 30여년 드높고 장쾌한 최도통이 어찌 있었겠는가? 독자들에게 부탁하노니 이 간단하고 적막한 최도통의 전반생을 눈여겨보라.

제4장
중국의 혼란과 최도통의 북벌

1. 원의 내란

 비바람이 심하지 않으면 연못속의 신통한 용이 어찌 조화를 부릴 기회를 얻겠는가? 저 몽고족이 중국북부에서 갑자기 흥기하여 중국을 삼키며 그 여세를 몰아 우리나라에까지 미쳐 신성한 나라를 더럽힘이 백년에 이르러 우리민족이 피눈물을 모으고 분통함을 쌓아 땅속에 묻은 폭탄이 터질 날이 반드시 있으나 다만 기회를 놓치고 물결이 일어나지 않아 흩어진 겁내는 기운이 후대에 역사책을 읽는 사람들의 마음을 울분에 통탄케 하더니 공민왕 때에 이르러 몽고의 우리에 대한 압박이 더욱 심해져 고통스럽고 번뇌하는 약이 우리나라 무사들의 정신을 점점 깨어나게 하며 또 이른바 대원황제(大元皇帝) 대원승상(大元丞相)이라는 자들이 모두 용렬 나약하고 탐학하여 정치가 혼란해져 중국에서 오랫동안 굴복하였던 족속들도 칼을 갈고 혼란의 기회를 바라는 자들이 더욱 많아졌다.

공민왕 2년(원순제(元順帝) 지정(至正) 10년) 이후로 중국전역의 형세가 더욱 변하여 반란이 번갈아 일고 피비린내가 사방에서 났다.

제1차로 방국진(方國珍)이 태주(台州, 지금 절강성 태주부(浙江省 台州府))에서 일어났고,

제2차로 유복통(劉福通)이 영평(永平, 지금 직예성 영평부(直隷省 永平府))에서 일어났으며,

제3차로 이이(李二)가 서주(徐州, 지금 강소성 서주부(江蘇省 徐州府))에서 일어났으며,

제4차로 서수휘(徐壽輝) 진우량(陳友諒)이 나전(羅田, 지금 호북성 황주부(湖北省 黃州府))에서 일어났으며,

제5차로 장사성(張士誠)이 고우(高郵, 지금 강소성 양주

부(江蘇省 楊州府))에서 일어났으며,

제6차로 명옥진(明玉珍)이 사천(四川) 운남(雲南)에 서 일어났으며,

제7차로 곽자흥(郭子興) 주원장(朱元璋, 명태조(明太祖))이 호주(濠州, 지금 안휘성 봉양부(安徽星 鳳陽府))에서 일어나 각자 영토를 차지하고 관리를 두었으며 왕이라 칭하거나 황제라 칭하는 자들이 많았다.

2. 원의 징병

 이때에 우리나라 정치계에 사람이 있으면 원나라와 관계를 끊고 나아가 요동(遼東)에 웅거하여 시기를 노려 대륙에 기운을 떨쳐야 할 날이거늘 아아! 슬프다. 온 조정이 잠에 골아 떨어져 강산이 꿈속 같으며 한마당 안에서 형제들끼리 다투느라고 문밖에 얻을 수 있는 조개와 새가 모름지기 많았으나 그 누가 이것을 묻겠는가? 다만 저 이웃집 어부에게 성공을 양보하고만 것이다.

원나라가 각지의 반란을 진압하고자 승상 탈탈(脫脫)로 원수(元帥)를 삼아 가서 칠 때 그는 오히려 근엄하게 대원황제의 조서를 내려 우리에게서 군사를 징발하고 아울러 우리나라 장상(將相) 15명을 불러 싸움을 도우라고 하였으니 슬프구나. 이때 조정의 관리들 모두가 노예 같은 사람들이라 백 년 동안 주옥의 폐백을 조공하던 큰 수치를 생각치 않으며 저 아침 이슬 같은 생명을 겨우 보존하는 원나라 정부를 범같이 두려워하여 정신없이 그 종이 한 장의 명령에 복종하여 상국(相國) 유탁(柳濯)을 보내어 군사를 이끌고 고우에 가서 싸움을 도우라 하니.

3. 최도통의 상소건의

최도통이 홀로 건의하여 말하기를 "안 될 일이다. 원나라의 정령(政令)이 이미 쇠퇴하여 망할 날이 멀지 않으니 우리의 도움이 도움 되지 않는다. 설령 우리의 도움으로 저들의 망함을 면할지라도 저들은 우리의 원수이기때문에 돕지 말아야 한다. 고종과 원종이 저들에게 굴복하여 굴욕적인 맹약을 맺음이 어찌 즐거운 마음이었겠나 마는 다만 힘이 꺾인 까닭이며 백 년 동안 비굴한 말과 후한 폐백으로 저들을 섬긴 것이 어찌 참된 마음에서 나온 것이겠는가? 또한 힘이 꺾인 까닭이니 지금 저들이 쇠퇴해져 일어나는 반란을 우리가 무엇 때문에 구해야 하는가? 다만 우리가 걱정해야 할 일은 따로 있으니, 즉 원나라가 쇠퇴하여 멸망한 뒤에 또 어느 강한 자들이 저 수만리 큰 나라의 영토를 차지하고 몽고가 우리에게 하였던 짓을 또 하지 않을까 하는 것이다. 때문에 내가 생각하기로는 오늘날 우리나라가 기회를 잘 이용하면 7개의 축하할 일이 있고 만일 이 기회를 잘 이용하지 못한다면 5가지 애석한 일이 있을 것이니, 7가지 축하할 일이란 병사를 기르고 군량미를 비축하여 진격함으로 싸워 이길 힘이 충분하며 퇴군하여 방어할 힘이 충분하여지면 대군사 또는 일부 군사를 출동시켜 제 1 차로 요동을 치고 제 2차로 심양을 쳐 고구려와 발해의 옛 땅을 되찾는 것이 축하할만한 일이요, 그런 다음에 힘준한 요새를 근거로 우리의 잘 훈련된 군대로 저 오합지졸의 무리를 치며 우리의 넉넉한 군량미로 떠돌이 백성을 모으면 나라의 위세를 떨칠 수 있고 중국을 차지할 수 있으니 축하할만한 일인 것이다. 몽고를 끊고 제양공(齊襄公) 9대의 원수를 갚으니 축하할만한 일이요, 이리되면 우리나라도 또한 대국이 되니 축하할만한 일이요, 이리되면 이후 중국인이 감히 우리를 엿보지 못할 것이니 축하할 만한 것이다. 옛 우리 태조 신성대왕(神聖大王)이 거란의 사신을 끊음은 서로 다투는 시초를 만들어 저들을 정복하고 발해의 옛 땅을 되찾자고 함인데 불행히 하늘이 성스런 생명의 겨를을 주지 않아 도중에 돌아가셨으니 이는 4백년 신하된 자의 오랜 한이다. 지금에야 선왕의 뜻을 이어 대업을 이룩하게 되는 것이니 축하할 만한 일이오, 고구려가 항상 중국을 아우르려고 하였으나 되지 않았는데 지금 이를 이루면 오랫동안 역사책을 빛나게 할 것이니 축하할 일이니 이들이 곧 7가지 축하할 만한 일(칠가하 [七可賀])인 것이다.

5가지 애석한 일이란 무엇인가? 만일 위와 반대로 저 원나라의 징병에 응한다면 이는 원수를 도와 선왕의 수치를 잃는 것이니 애석한 일이요, 장차 망할 나라에 충성한다는 것은 지혜로운 사람의 일이 아니니 애석한 것이요, 우리의 부족한 군사와 군량미로 저 염치없는 요구에 응한다면 나라 안에 큰 변란을 빚어내는 것이라 애석한 일이요, 지금 나라의 힘을 키워 원나라가 장차 혼란할 기회를 틈타 우리의 군사력을 떨치지 못하고 쓸데없이 다른 나라의 지휘에 따라 왔다 갔다 하는 것은 우리나라로 하여금 영원히 약한 나라로 만들게 함이니 또한 애석한 일이요, 우리나라가 예로부터 군사가 강하기로 이름나 있으나 고려시대 이후 수비만 위주로 하고 나아가 싸울 일은 생각치 않다가 이 같은 약한 나라가 되었는데 지금이 좋은 기회를 또 잃는다면 애통한 것으로 애석한 것이니, 이것은 다섯 가지 애석한 일(오가조(五可吊))이라 한다. 알지 못하겠다. 여러분이 이 7가지 축하할 일을 하려는 것인지 5가지 애석한 것을 하려는 것인지. 정신을 차려 가리게 하도록 변변치 않으나마 나는 간절히 바란다" 라 하였다.

이 건의는 최도통이 평생 동안 간직한 마음과 뜻을 담은 글이다. 그가 주장을 펼 때 눈에 광채가 사방에 쏘이고 긴 수염이 뻐떡 서고 눈물이 말을 따라 떨어져져 어리석고 용렬한 관인들 모두가 본래의 상태를 깊이 깨달아 서로 돌아보며 찬탄을 보내고 헌부전서(部典書) 조규(趙珪)와 밀직부사(密直副使) 송광미(宋光美)가

슬픔의 눈물을 흘리며 "우리들은 썩은 선비이기 때문에 꿈에도 생각이 이에 미치지 못하였으나 지금 최호군(崔護軍, 당시 최영은 호군(護軍)이었음)의 말을 들으니 우리들 마음이 근심스러움을 깨닫지 못하였다"고 하였다. 그러나 당시 고려정부를 보라. 이 건의가 시행될 수 있었을까? 당시 정부에서 무한한 권력을 지닌 사람은 임금인데 임금, 즉 공민왕은 용렬하였고 그 다음이 왕의 신임을 받는 총신(寵臣)인데 총신은 즉 김용(金鏞)같은 패악한 자들이고 또 그 다음이 시중(侍中)인데 시중이 누구냐 하면 우매한 임견매(林堅昧)요, 또 그 다음 신하들은 어리석고 노예정신을 가진 자들이니 최도통의 열성이 비록 잠간 신하들의 귀를 울려주긴 하였으나 어찌 천사의 일시 전하는 복된 소리로 악마로 가득한 큰 지옥이 갑자기 깨어지겠는가?

얼마 안 되어 공산군(公山君) 이자송(李子松)이 최도통을 반박하여 "만일 원나라의 군사요구를 거절하였다가 그들이 노여워하여 침략해 오면 장차 어찌 대응하려 하는가?" 하자 최도통이 분연히 "싸울 것이다"라고 하였다. 이에 이자송이 "싸우면 이길 수 있겠는가?"라고 말하자 최도통은 "수양제(隋煬帝)가 그들의 전성시대의 국력을 바탕으로 수백만의 대군으로 우리나라를 침입해 왔을 때 을지문덕(乙支文德)이 조용히 웃고 말하며 적을 크게 무찔러 수나라 장수들을 청천강(淸川江) 고기밥이 되게 하였는데, 하물며 지금 저 목숨이 다해가는 원나라 적이 쳐들어오는 것을 어찌 겁내겠는가?"라고 하였다. 이자송이 "그토록 쉽게 말할 수는 없다. 고종 때에는 무슨 이유로 저들에게 굴복하였는가?" 하자 최도통은 "그때 우리나라가 굴복한 것은 군사력이 약했기 때문이 아니라 다만 간신들이 정권을 잡았기 때문이니 생각해 보아라. 최춘명(崔椿命)이 귀주(龜州) 하나만의 병력으로도 오히려 홀필열(忽必烈)의 교만한 배짱을 부수지 않았는가? 이런 까닭에 지금이라도 조정의 기강을 바로 하고 장수될 인물들을 가리면 몇 개의 몽고가 쳐들어온다 하여도 이를 하나의 북으로 능히 격파할 수 있다"고 말하였는데 말이 이에 미치자 더욱 격분하여 정부의 무능함을 꾸짖고 이자송의 비겁함을 비웃어 참고 견디지 못하게 하는 말을 많이 하였다. 정도전(鄭道傳)이 먼저 소리를 지르며 "최영은 미친 사람이다. 작은 나라로 큰 나라를 섬기는 것은 선왕이 남긴 모범이거늘 이를 생각하지 않고 감히 다른 소리를 지껄이고 있다"
고 하였다.

4. 우리 장사의 원정

최영의 말은 모두 잘못된 것이고 이 자송의 말은 모
두 옳다고 하니 이에 조규 송광미 등 몇 사람 이외에
는 조정에 가득한 신하들이 모두 이자송의 말을 따랐
다. 평원군(平原君) 채하중(蔡河中)이 말하기를 "최영은
못난 사람이라 감히 직위에 올라 요망스런 건의를 하여
사람들의 마음을 현혹되게 하니 이말이 원나라에 들어
가면 나라의 커다란 화를 만들 것이니 마땅히 벌을 주
어야 한다" 고 하였다. 이때에 모든 조정의 의견이 이
에 따라 최도통을 귀양 보내려고 왕에게 아뢰었다.

그러나 원순제(元順帝)가 조서로 부른 우리나라 장수
15명 가운데 최도통의 이름이 12번째에 있었으므로 만
일 구원병을 보낼 때 최도통의 이름이 없으면 원나라
황제의 노여움을 사지 않나하는 염려도 있고 또 이런
말이 흘러 들어가면 도리어 원나라가 우리나라를 의심
하게 할 것이다 하여 이 논의가 드디어 그치고 구원병

을 출발시킬 때 유탁(柳濯)이 원수가 되어 숙위병(宿衛兵) 1천명과 서경수군(西京水軍) 3백명을 인솔하고 연경(燕京)에 이르러 그곳에 사는 본국사람 2만 명을 모아 군대를 편제하니, 이때 최도통은 대호군(大護軍)의 벼슬을 받고 이에 따라갔다.

5. 최도통과 현린(玄麟) 스님의 만남

현린이란 스님은 강릉 오대산(五臺山)의 중이다. 종적을 불교에 의탁하며 마음을 구름과 물에 부쳐서 지팡이와 바릿대 하나로 사방을 두루 돌아다니니, 알지 못하는 사람이 생각하기를 이 사람은 세상을 떠나 학과 사슴으로 벗을 삼는 자라고 하나, 그 뼈대가 아주 웅장하고 그 마음이 아주 뜨거우며 특히 세상을 구할 뜻을 품고 속세를 방황하는 사람이다. 이때에 중국의 혼란한 사실이 전해지자 승려로서의 뛰어난 통찰력으로 이를 한번 살펴보고자 하여 간단한 중옷을 걸치고 무정한 아미타불을 부르며 중국 남부의 영평(永平)·고우(高郵) 등지로 가서 머무르며 유복통(劉福通)·장사성(張士誠) 등이 배치하여 둔 것을 보고 우리나라 산천의 적막함을 한탄하다가 지금 유탁 등의 지원군이 연경에 도착하였다는 소식을 듣고 칼을 뽑아 군영으로 가서 군사적인 일을 의논하는데 다른 장수들은 눈을 들어 바라보는 사람이 거의 없었는데 오직 최도통만은 여러 차례 머리를 끄덕이었다.

현린 또한 최도통의 사람됨을 공경하고 감탄하여 장차 나가려다가 혼자말로 "내가 여러 장수를 보건대 작게는 몸이나 살아 돌아가기만을 바라는 자들이요, 크게는 적국을 위하여 힘쓰고자 하는 자들인데 이상하도다. 저 사람은 누구이길래 얼굴빛은 슬퍼 보이나 몸을 빼내 돌아가기를 바라는 자도 아니며 의기가 분발하나 적을 위하여 난을 평정하고자 하는 자도 아니니 아아! 슬프다! 이는 혹시 우리나라에 남아있는 영웅의 씨가 아닌가?" 하였다. 이날 밤 최도통의 천막으로 가서 백 년 동안의 나라의 수치를 슬피 통곡하며 세상일을 주고받다가 술이 반쯤 취한 최도통의 손을 잡으며 "장군이 어찌하여 이곳에 왔는가? 장군이 어찌하여 여기에 왔는가? 칼을 차고 전쟁터를 누비는 것은 대장부로 제일 흔쾌한 일이나 장군이 여기 온 것은 고려를 위하여 온 것이 아니라 적국을 위하여 온 것이니 나는 감히 장군을 불쌍히 생각한다" 고 하였다.

　이때에 최도통과 중 현린이 서로 마주보고 앉아 눈물을 흘리다가 현린이 또 말하기를 "몽고가 우리의 원수인 것은 장군도 이미 알고 있을 터인즉 이 싸움에 군사를 이끌고 저 장사성 등과 힘을 모아 원나라 군사를 도로 치는 것이 제일 좋은 방법이고 여기에 머무르며 사정을 살피다가 전 군사를 되돌려 가는 것이 다음으로 좋은 방법이요, 다만 저 몽고의 명령에 복종하여 저들이 왼쪽으로 가라 하면 왼쪽으로 가고 오른쪽으로 가라 하면 오른쪽으로 가 옛날의 상태를 삼가며 지키는 것이 좋지 않은 방법인데, 지금 장군의 뜻을 가만히 살펴보니 좋지 않은 방법을 따르고자 하니 나는 이것을 이해하지 못하겠다" 고 하였다. 최도통이 슬퍼하며 대답하기를 "종기를 터뜨리는 것이 비록 시원하기는 하나 맨살을 크게 다치면 오히려 몸에 해가 되고 원수와의 관계를 끊음이 비록 시원하긴 하나 때의 형편을 올바로 알지 못하면 도리어 나라를 해롭게 할 것이니 영원한 영웅의 이기고 짐이 모두 때의 형편을 알고 모르는데 있는 것이 아닌가? 지금 내가 원나라의 형편을 살펴보건대 간신이 조정에 가득하며 떠도는 도적이 사방에 가득하여 멸망이 아침 아니면 저녁에 있으니 우리나라를 위하여 기쁜 일이며 또 걱정되는 일이기도 하다. 기쁜 일이란 우리나라를 학대하던 강력한 원수가 망하니 기쁜 것이지만 걱정되는 일이란 저 강력한 원수가 망한 뒤 그 뒤를 이어 일어날 또 다른 강한 원수가 있을 것이니 걱정된다는 것이다. 우리가 이 기회를 타서 스스로 강해진다면 앞으로 나라의 치욕을 영원히 씻을 수 있으니 기쁜 일이나, 만일 멍하니 앉아서 나아가 빼앗을 뜻도 없고 지킬 생각도 하지 않다가는 강력한 나라가 멸망한 뒤 또 다른 강력한 나라가 또 와서 우리나라를 다시 억누를 것이니 걱정되는 것이다. 그러나 내가 우리나라에 있을 때 백성들의 마음을 살펴보니 이를 기뻐할 일이다 하여 기뻐하는 사람도 없고 이를 걱정되는 일이다 하여 걱정하는 사람도 없으며 다만 구차한 임시변통으로 나라의 정책으로 삼으며 한가로이 세월만 보내다가 마침내 때가 변하고 일이 글러진 뒤에 비로소 급히 넘어지며 흐르는 물의 끝을 막으려고 하는 사람들뿐이니 어찌 안타깝지 않은가? 내가 떠날 때 어리석은 생각이기는 하나 조정에 아뢰어 원나라의 청병에 응하

지 말고 스스로 강해지는 길을 찾는 것이 옳다고 하였
으나 듣는 사람들이 무시하여 마침내 행해지지 아니하
여 일이 이렇게 되었으므로 나는 온 힘을 다하여 원나
라를 돕고자 하니 이것은 원나라를 좋아하기 때문이 아
니라 만일 원나라가 망하면 중국이 빨리 통일될 것이고
중국이 통일된 뒤에는 그 위세가 반드시 또 우리나라를
압박할 것이며, 원나라가 오래 견뎌내면 중국의 통일이
늦어지고 통일이 늦어지면 우리나라가 이 사이에 힘을
모으기 쉬우니 이 때문에 나는 지금 힘이 닿는 데까지
원나라를 돕고자 하는 것이다"라고 하였다. 현린이 다
시 절을 하며 "이는 내가 깨닫지 못한 것이로다. 바라
건대 장군께서는 몸을 아끼시라"고 하면서 닭이 울어
떠나면서도 나라 일을 서로 걱정하였다.

6. 최도통과 원나라

  최도통이 군사 쓰는 방략을 계획하여 원나라 승상 탈
탈에게 보이니 탈탈은 원나라의 어진 재상이고 지혜와
꾀가 있는 사람이라 크게 기뻐하며 이에 따르고 또 최
도통으로 하여금 선봉장이 되게 하여 장사성을 공격하
니 모두 27차례를 싸워 다 이기고 고우성을 포위공격

하다가 탈탈이 모함을 당하여 군사를 철수하게 되니 원나라도 어찌 할 수 없었다.

그러나 최도통은 기어코 원나라의 난의 일부분을 구한 다음에 귀국하고자 하여 원나라 임금에게 글을 올려 아뢰기를 "지금 모든 반란자 가운데 주원장과 장사성이 가장 강성하여 그들이 오는 길은 회안(淮安)이 가장 요충지이니 나는 우리나라 군사를 이끌고 여기로 옮겨 방어하고자 한다"고 하자 원나라 임금이 허락하거늘, 최도통은 드디어 회안으로 군사를 옮겨서 팔리장(八里莊)에서 여러 차례 싸웠는데, 주원장이 전함 8천척을 이끌고 침입하거늘 최도통이 밤낮 6일 동안의 혈전 끝에 이를 물리쳤는데, 주원장이 10만의 병사로 다시 침입하니 최도통이 높은 곳에 올라 바라보니 적군의 배가 바다를 덮었다. 최도통이 웃으며 "적이 비록 많으나 그 전함이 정비되지 않았으니 이를 격파하기는 쉽다"고 말하고 일부 군사로 하여금 먼저 나아가게 하고 뒤이어 대군을 출동시켜 공격하니, 아침에 시작하여 저녁에 이르매 적군이 죽어 흘린 피로 바닷물이 붉게 물들었다. 주원장은 홀로 도망쳤고 최도통의 몸도 여러 군데 창에

찔리었다. 이 싸움에 최도통이 아니었으면 회안이 함락 당했을 것이며 회안이 함락되면 북경(北京)이 무너질 뻔하였다. 대저 몽고말기의 십 수 년간의 나머지 목숨을 보전할 수 있었던 것도 최도통의 힘이었다.

최도통은 원에 머물며 그 나라 정치의 잘잘못을 살피며 그 나라 산천의 험준함과 평이함을 살펴서 훗날 적을 쳐부수는 방법을 깊이 생각한 뒤에 적국을 하직하고 고국으로 돌아왔다.

제5장

최도통의 북벌정책 착수와 공민왕의 번복

허리에 찬 긴 칼을 어루만지며 크게 탄식하며 "내가 언제나 너를 쾌히 시험할 수 있을까"라고 말한 것은 당시 최도통의 아픈 마음을 표현해 주는 것이다. 중국의 혼란이 장군의 큰마음을 움직이게 한지 이미 오래되었으나 위로는 임금이 어둡고 약하며 아래로는 조정의 신하들이 비열하여 좀처럼 만나기 어려운 좋은 기회를 잃더니 단군 37세기 공민왕 5년에 이르러서야 그 칼을 한번 시험하기를 허락받았다. 저 만주의 전 지역과 요동의 일부는 3천년 동안 우리나라에 대대로 내려오던 강토로서 발해가 멸망한 뒤에 다른 나라의 것이 된 것인데 고려 4백 년 동안 불행하게도 대대로 어둡고 어리석은 권력자를 만나 북벌을 실행하던 윤관(尹瓘)을 쫓아내며 북벌을 다시 주장하던 왕가도(王可道)를 귀양 보내고 우리 민족의 진취적 기상을 억눌러 꿈에도 이

땅에는 감히 미치지 못하게 하더니 결국 악한 재앙이 점점 깊어져 몽고가 일어남에 우리 황해 함경도의 반쪽을 빼앗기기에 이르렀다. 그러나 저 1백여 년간 인물들이 다만 한 장의 종이에 복걸복망(伏乞伏望) 등, 글자를 빽빽히 써서 이를 돌려 받고자만 하고 감히 강력한 정책을 써서 이를 회복하고자 한 사람은 한 명도 없었는데 최도통이 원에서 귀국하자마자 공민왕을 설득하기를 "국가의 영토가 북쪽 오랑캐의 것이 되어 뜻있는 사람들의 분통해 함이 오래 되었습니다. 지금 오랑캐들의 기운이 쇠퇴하는 틈을 이용하여 북벌할 군대를 출동시킨다면 오랜 원한을 하루아침에 풀 수 있는데 왕은 이에 뜻이 없습니까?"라고 하자 공민왕이 비록 어리석기는 하나 또한 원나라에 가득 분함을 품고 있어서 곧 "짐도 뜻은 있으나 다만 저 강한 원나라와 누가 대적하겠는가?"라고 대답하였다. 최도통이 이에 원나라 정부의 나약함과 중국 전체에 걸친 혼란스런 상황을 말하여 반드시 이길 방법을 증명하고 또 "옛 땅을 되찾는데 적의 크고 작음과 강하고 약함을 묻는 것은 옳지 않습니다" 라고 말하였다. 왕이 크게 기뻐하며 인당(印)을 서북면병마사(西北面兵馬使)로 삼고 최영을 부사(副使)로 삼으며, 유인우(柳仁雨)를 동북면병마사(東北面兵馬使)로 삼고 황천보(黃天甫)를 부사로 삼아 마보군(馬步軍) 1만 2천명을 이끌고 출발할 때 최도통이 몰래 군사를 이끌고 습격하고자 하여 인당과 밤낮없이 달려 압록강에 도착하였는데 그 때에 조정의 못된 신하로써 원나라의 눈과 귀가된 사람들이 많아 군대의 출동사실을 이미 알렸기 때문에 원나라

최도통이 힘세고 헤엄을 잘치는 두 명의 병사를 뽑아 밤중에 강을 건너 원나라 병사의 진영 뒤로 가서 횃불을 들고 고려군이 이미 건너왔다고 크게 소리치게 하니 원나라 군사가 크게 놀라 모두 흩어졌다. 인당이 최도통과 강을 건너 원나라 진영 세 군데를 격파하고 나아가 파사부(婆娑府)를 함락시키니 요동 땅이 크게 울리고 부근의 백성들이 모두 최도통의 용맹스런 이름을 두려워 하여 호두장군(虎頭將軍)이라고 불렀다고 한다. 또 진격하여 원나라 진영 다섯 군데를 격파하고 봉천부(奉天府)를 포위하였는데 순찰병이 한명의 관리를 잡아오니 곧 원나라 사신이었다. 이는 원순제가 우리 병사의 북벌소식을 듣고 크게 놀라 책망하기 위해 보낸 사신이

었다. 최도통이 말하기를 "이 사람을 베어 버려야 하니, 지금 임금의 뜻이 곧지 못한데 만일 이 사람이 가서 어떠한 공갈과 협박을 하면 임금의 마음이 반드시 중간에 바뀌어 북벌계획이 크게 그릇될 것이니 내 뜻으로는 이 사람을 진영에서 베어 버리고 원나라 임금에게 글을 보내 서로 끊을 뜻을 보여 두 나라 사신의 왕래가 없도록 하여야만 크게 성공시킬 수 있는 것이다"라고 하였다. 인당이 머뭇거리며 결정하지 못하다가 드디어 "두나라가 싸우게 되어 사신은 그 중간에 있는 것이니 우리나라가 군사를 일으킨 처음부터 어찌 사신을 죽여 뒷날의 웃음거리가 되겠는가?"라며 드디어 사신을 놓아 주니 최도통이 크게 한탄하여 "그 놈이 큰 공을 망치는구나. 그 놈이 큰 공을 망치는구나"라 하였다. 과연 원나라 사신이 우리나라 수도에 이르자 왕이 예로부터 하던대로 나아가 맞이하였는데 원나라 사신이 군사를 일으켜 침략한 이유를 책망하며 "지금 황제가 매우 노하여 장군 동수(董壽)에게 명하여 80만의 대군을 이끌고 곧 압록강을 건너게 할 것이다"하니 이는 모두 꾸며낸 공갈이지 사실이 아니었다. 당시 중국이 혼란하여 원나라가 내란을 평정할만한 병력도 없는데 어느 틈에 80

만의 군사를 출동시켜 우리나라를 침입할 수 있겠는가? 이는 삼척동자라도 능히 헤아릴 일인데 애석하도다. 저 성질이 어리석고 겁이 많은 임금과 비열함이 몸에 밴 신하들 모두가 이말에 겁을 먹고 얼굴색이 변하고 정신을 잃어 당황하며 서로 돌아보며 저 80만 원나라 적병이 경성(京城)에 이미 다다른 것처럼 놀라서 떠니 그 모양이 아주 가소로왔다. 이러한지 얼마 되지 않아 왕이 하나의 묘한 꾀를 생각해 내고는 크게 기뻐하며 원나라 사신에게 "이일은 과연 내가 알지 못하는 것이다"라고 하자 원나라 사신이 "어찌 국왕으로 이일을 모른다 하는가?"라고 하였다. 이에 왕이 "인당이 서북면병마사의 권한을 제멋대로 하여 감히 이같은 도리에 어긋나는 일을 한 것이지 나는 알지 못한다"고 하자 원나라 사신이 "그렇다면 이 사람을 어찌하여 처벌하지 않는가?"라고 하였다. 왕이 "이미 사신을 보내 이 사람의 죄를 의논하게 하였다"라고 하자 원나라 사신이 "왕은 잘 하여야 한다. 그렇지 않으면 저 80만 대군이 곧 그대의 나라에 당도할 것이니 왕은 무슨 수로 이를 막을 수 있겠는가?"라고 하고 곧 돌아갔다.

왕은 이에 걸음 날쌘 자들을 모아 빨리 가서 인당을 불러오라 하여 사신(여기부터의 사신은 공민왕이 보낸 사람임)이 도착하니 인당이 왕의 명령을 받고는 탄식하여 "이제 큰 공이 거의 이루어져 가는데 어찌하여 나를 불러들이는 것인가?"라며 오랫동안 한숨을 쉬었다.

　당시 봉천부를 지키는 적병이 적고 약하여 곧 성을 함락할 수 있었으며 요동의 수십 주(州)가 우리군의 위세를 듣고는 불을 쫓는 것처럼 모여 들며 원나라는 남쪽의 반란을 진정시키기에 온 힘을 쏟아 동편을 돌아볼 겨를이 없은즉 이는 우리나라가 발해 옛 땅을 되찾을 큰 기회이거늘 애석하도다. 저 약한 왕과 옹졸한 신하들이 원나라 사신의 공갈 한마디에 놀라고 겁내어 다 이룩된 공을 버리고 장군을 불러들이니 인당의 탄식함이 당연하다. 그러나 이전에 최도통의 말을 들었더라면 어찌 이 지경에 이르렀겠는가? 그때에 유인우도 동북의 8주5진(八州五鎭)을 되찾고 더 북진하다가 또한 소환되었다. "가면 가고 말면 말지 영남(嶺南)의 무정한 남자를 따라 갈까?"라는 이 말 한마디는 오랫동안 마음 상한 사람들의 말이다. 무정한 남자를 따라 간다면 아무리 예쁜 여인도 박대당하며, 이랬다저랬다 믿음이 없는 임금과 함께 일하면 세상을 뒤덮는 영웅이라도 낭패를 당하게 되니 이 말이 믿기지 않으면 공민왕을 보라.

 이때에 북벌에 나섰던 모든 장수들이 만일 조정에 여쭘이 없이 스스로 군사를 일으켰더라도 옛 땅을 되찾아 선왕들의 남긴 한을 씻었으니 이를 의롭다 하여 상을 주고 공적이라 하여 상을 주는 것이 마땅한 것인데, 하물며 임금의 명령으로 출동케 하고 임금의 명령으로 철군케 하며 공이 있고 죄가 없는 서북면병마사 인당이 어찌 죽어야 하는가? 군사들이 평양으로 돌아오자 사신이 왕의 명령이라 하며 인당을 하옥시키거늘 그 죄를 묻자 "왕명을 받들지 않고 병사를 함부로 움직인 것이 첫 번째요, 대국을 침범하여 이웃국가로서의 도리를 망령되게 함이 두 번째다"라 하고 드디어 목을 베어 죽이니 육군(六軍) 모두 슬픔의 눈물을 흘리었다. 대개 공민왕이 원나라 사신의 협박과 공갈에 따라 관군(官軍)을 되돌린 것은 최도통이 이미 생각한 대로이지만 인당을 목 베어 원나라에 사죄한 것은 최도통도 생각하지 못한 것이다.

아아! 슬프다! 굳센 두장수가 함께 싸움터에 나아가 말 머리에 이는 바람 속에서 나라 일을 함께 계획하다가 그는 비참히 죽고 자기만 홀로 살았으니 최도통의 마음 이 과연 어떠했겠는가? 또 인당이 적의 칼에 죽었거나 죄를 범하여 죽었다면 오히려 있을 수 있는 일이지만 지금 그렇지 않고 공을 세웠는데도 죽음을 당하였으니 최도통의 마음이 과연 어떠했겠는가? 최도통이 왕의 번 복을 한탄하며 인당의 비참한 죽음을 애도하고 하늘을 우러러 탄식하고 사람을 대하여 보니 속세의 일이 염두 에 없어 상소를 올려 벼슬을 조정에 바치고 인(印)을 품어 사자에게 전하니 어제의 서북면병마사가 이제는 성남(城南)의 한낮 일반사람이 되었다. 세상일을 생각치 않고 깊은 산속으로 한적한 삶을 찾아 지팡이 하나와 표주박 하나로 한가로이 홀로 가더라.

제6장
두 적국의 침입과 최도통의 재기

최도통이 벼슬을 떠난 때는 공민왕 5년 가을 7월이었다. 용감한 장수가 멀리 떠나 버렸으니 국가가 어찌 편안할까? 왜구가 해안가를 아침저녁으로 노략질하며 날뛰고 중국 남부의 홍건적(紅巾賊)이 크게 강성해져 날로 우리나라를 침입한다고 말하니 고려의 왕과 신하들의 자고 먹는 일이 불안하였다. 공민왕이 여러 신하들을 조회하다가 탄식하여 "나라가 위태로움이 이 지경에 이르렀으나 의지할만한 장수가 한사람도 없도다"라고 하자, 가까운 신하인 정희계(鄭熙啓)가 "임금님께서 쓰지 않으셔서 그런 것이지 쓰신다고 하면 그런 장수가 어찌 없겠습니까?"라고 말하였다. 왕이 "그런 사람이 있다면 내가 어찌 쓰지 않겠는가? 그런 사람이 누구인지 한번 말해보라"고 하자 정희계가 "제 생각으로는 전 서북면병마부사 최영이 대대로 충효로우며 내외에 그 이름이 알려져 있으니 그가 바로 그 사람입니다"라 하였다. 또 왕이 "최영의 충성스럽고 지혜로움은 나도 잘 알고 있으나 다만 그가 나를 버리고 멀리 떠났으니 어찌 다시 오겠는가?"라 하자 정희계는 "제가 일찍이 최영의 사람됨을 살펴보니 매번 나라의 어려움이 있을 때마다 주먹을 움켜쥐고 이를 갈며 반드시 복수할 것을 기약하는데 하물며 오늘날 동서로 위험스런 소식이 많은데 왕이 부르신다면 반드시 달려올 것입니다"라 하였다. 이에 왕이 "그렇다. 지금에 있어서는 최영보다 나은 사람이 없다"고 말하고 최도통에게 서해평양니성강계체복사(西海平壤泥城江界體覆使)의 벼슬을 내리고 불렀다.

이때에 최도통은 어디 있었던가? 벼슬을 떠난 뒤에는 나라안의 유명한 산과 물로 돌아다니다가 석다산(石多山)에 올라 을지문덕(乙支文德)이 남긴 자취에 조의를 표하고, 압록강에 이르러 연개소문(淵蓋蘇文)의 전쟁터를 살펴보며, 서쪽으로 요동의 벌판을 바라보며 온달(溫達)의 웅대한 계략을 생각하며, 북으로 읍루(相婁)를 의지하여 대조영(大祚榮)의 자취를 사모하고 영웅이 제때를 만나지 못한 신세를 슬퍼하니 세월은 흘러 벼슬을 떠난 지 16개월이 지난 공민왕 6년 10월이었다. 최도통이 이리저리 떠돌며 서북의 산과 물을 돌아다니다가 또 아무런 생각 없이 평양으로 돌아와 작년 인당이 죽은 곳을 조상하고 세월의 무상함을 느끼고 성안으로 들어오니 옷이 남루하고 모습이 초췌하여 다른 사람들이 당시의 호두장군의 모습을 기억하는 사람이 없었다. 발길 닿는 대로 영명사(永明寺)에 올라 불당을 구경하고 노래 하나를 지어 난간에 기대어 혼자 부르니 노래가사는 "까마귀 눈비 맞아 희는 듯 검노매라. 야광명월이 밤인들 어두우랴. 님향한 일편단심이야 가실 줄이 있으랴"는 것이었다. 노래가 끝날 무렵 한 어린 중이 "이상하다. 절은 고요한데 누가 속세의 노래를 와서 부르는가?"라고 하였다. 최도통이 머리를 돌리니 언젠가 전에 보았던 사람인 듯하였다. 어린 중이 쳐다보며 생각하더니 급히 맞아 절을 하고 손을 잡으며 "장군이시여 어찌 여기에 오셨습니까? 소승은 고우전투에서 뵈었던 현린입니다"라고 하자 최도통은 "창을 들고 말을 타고 위험을 무릅쓰고 전쟁터를 누비던 지난날을 모두 잊었는데 지금 그대를 보니 갑자기 옛 생각이 나는구나"고 하였다. 겉모양은 중이고 속세인이라 아주 다르나 진정한 마음은 서로 같았다.

 최도통이 현린의 등을 어루만지며 당시의 일들을 이야기 하며 지난날을 말하며 자신이 벼슬을 하직한 이유를 설명할 때 눈물을 줄줄 흘리었다. 현린이 크게 꾸짖으며 "나도 당시에 떠도는 말로 이 일을 대략 들었지만 장군의 도량이 이처럼 작은 것은 진짜 뜻밖입니다. 장군이 한 임금의 너무 약함 때문에 한나라의 정치가 잘못되어 감을 돌보지 않으며 한 신하의 배반 때문에 한나라 백성들의 어려움을 돌보지 않음은 어찌된 일이요?"라고 하자. 최도통은 머리를 숙이고 아무 말도 못하였다. 현린은 또 "하늘이 장군을 낳은 것은 많은 알력과 어려움, 고난의 가시밭길, 비참하고 분함을 싸워이겨 우리나라를 다시 세우게 함이요 다만 사소한 불평때문에 발끈 화를 내고 벼슬을 버리고 산야에서 늙으라고 함이 아닌 것입니다" 라고 하자 최도통은 더욱 말이 없었다. 현린이 이에 크게 탄식하며 "요즈음 조정의 이야기를 들어보니 왜구가 침략하며 홍건적이 또 엿보고 있고 나라가 곧 망할 지경에 있으니 훗날 장군은 나라를 망하게 한 분이 되며 소승은 나라를 망하게 한 중이 되어 이렇게 해가 지는 고요한 절에서 서로 마주하면 그 마음속의 회포가 어떠하겠습니까?" 최도통이 이에 줄줄 흐르는 눈물을 뿌리며 "과연 그렇구나. 과연 그렇구나. 이는 내가 미처 생각하지 못한 것이니 그대의 귀중한 말을 들음에 내 마음이 근심스러움을 깨닫지 못하였도다"라고 하며 드디어 산을 내려가기로 결심하고 평양성에 머무르다 곧 서해평양니성강계체찰사의 벼슬을 받고 개경(開京)으로 들어갔다. 왕에게 공손히 절을 하니 왕이 "그대를 보지 못한 것이 겨우 1년인데 그대의 머리칼이 더 하얗게 되었구료"라 하자, 최도통은 "제 머리칼이 비록 하얗지만 제 마음만은 오히려 붉으니 적은 걱정하지 마십시오. 그러나 제가 가슴 아픈 일이 있어 죽음을 무릅쓰고 이 말씀을 드립니다. 우리나라가 3백 년 동안 조정에 일정한 국가의 방침이 있으니 적군이 적게 오면 도망하며 많은 적이 오면 맞이하여 항복하는 것이 그것입니다. 때문에 조그마한 섬에 사는 왜구들이 와서 노략질 하여도 여러 개의 군(郡)이 도망쳐 텅 비며 북쪽에 하나의 강대국이 일어나기만 하여도 매일 폐백을 조공하고 감히 한발짝도 싸울 생각을 못하니 이는 비록 살아있다 하여도 죽은 것만도 못하며, 비록 존재하기는 하나 망한 것이나 다름없는 것입니다. 충렬왕 이후로 나라의 임금이 세 번씩이나 잡혀가고 영토의 절반을 빼앗겼으며 폐하의 즉위 후에도 강한 이웃나라의 협박을 여러 번 당하고 있으니 폐하께서는 한번 생각해 보십시오. 나라에 일이 없을 때는 군왕(君王), 성주(聖主), 폐하(陛下)라 하며 한번 호령을 내리면 신하와 백성들이 곧 이를 받드니 과연 한나라 임금으로서 위엄 있고 근엄하다 할 수 있으나, 하루아침에 북쪽의 사신이 오면 온 나라가 두려워 떨며 그가 또 무엇을 요구하는가, 또 무엇을 찾는가, 또 어디로 왕을 잡아갈 것인가 하여 군자는 집만 바라보며 처량한 눈물만 흘리며 소인배들은 기회를 틈타 재앙을 부채질하니 폐하께서 임금으로서 또한 어찌 즐거우시겠습니까? 제가 어리석은 마음으로 이를 비통하고 분하게 여겨 한밤중에 베개를 어루만지며 나라를 강하게 하여 적을 쳐부수는 방법을 생각하니 그 첫 번째는 정치의 기강을 바로잡는 것이요, 두 번째는 영토를 개척하는 것입니다. 정치의 기강에 대하여는 제가 무인으로 망령되이 말씀드릴 수 없는 것이나 영토개척에 대한 방책은 제가 지난번에 조정에 여러 번 건의하였고 또 작년에 인당과 함께 착수하였던 것인데, 인당이 죽지 않았다면 저 원나라의 어수선한 시기를 이용하여 승승장구하여 북쪽으로 진격하여 요동과 심양을 차지하고 원나라 군사의 오는 길을 막은 뒤에 기회를 보아 원나라를 멸망시키면 우리나라의 위세와 명령이 천하를 진동시켜 몽고가 손을 모아 항복하고 왜구가 자취를 감추어 사방의 오랑캐들이 싸우지 않고도 모두 항복할 것이니 이는 천재일우의 기회였는데 애석합니다. 조정의 신하들이 옹졸하고 나약하여 원나라 사신 공갈 한마디에 두려움을 이기지 못하여 이미 빼앗은 영토를 되돌려 주게 하며 공이 있는 장수를 베어 죽이니 슬픈 일입니다. 우리나라가 쇠약해진 것이 이미 오래되었고 게다가 이처럼 군사의 기운을 꺾어 버리니 앞으로 온나라가 충성됨과 용감함을 경계하고 전공을 비웃을 것이니 적이 온다한들 누가 방어하려 하겠습니까? 엎드려 바라옵건대 폐하께서는 굽어 살피시어 인당의 죽음을 가엾이 여기시고 충성스럽고 의로운 사람에게는 상을 내리소서. 저는 충효로운 후손이라 어찌 나라를 위하여 한 목숨 바침을 아끼리오마는 인당의 잘못된 자취를 또 다시 밟는 것은 바라지 않습니다"라고 말하였다. 왕은 일어서서 주의 깊게 들고서 그가 나간 뒤 "이 사람이 너무 강경하나 진실로 충직할 뿐이다"라며 유사(有司)에게 명령하여 인당의 집을 후히 구휼하였다. 최도통이 근무지로 부임하여 왜적의 배 수백 척이 오차포(吾叉浦)로 들어오자 군사를 매복시키고 지세가 험한 곳으로 끌어들여 왜적을 모두 무찔렀고 병사를 훈련시켜 적을 방어할 방법을 조정에 청하였으나 조정에 그를 제지하는 자들이 많아 그 뜻을 다 이루지 못하고 갈리어 돌아왔다.

제7장

홍건적의 2차침입과 최도통

최도통이 늘 말한 바와 같이 북쪽에 강한 오랑캐가 일어나 우리나라를 반드시 압박하리라는 것은 우리의 역사상에 여러 차례 보이는 예이다. 내가 이를 두 종류로 나누어 살펴보니 수양제(隋煬帝)·당태종(唐太宗)처럼 중국 전체를 통일한 뒤 큰 것을 좋아하고 공을 즐기는 마음으로 우리나라를 쳐들어 온 자들이 그 첫 번째 종류요, 거란의 성종(聖宗)·청태종(淸太宗)처럼 중국을 통일하기 전에 뒤에 근심거리를 없애기 위하여 우리나라를 침입한 자들이 그 두 번째 종류이다. 홍건적이라는 것은 본래 두 번째 종류에 속하는 것이나 그 세력이 강한 것으로는 거의 첫 번째 종류로 볼 수 있다. 당시 중국 혁명파 가운데 장사성은 단지 문을 지키는 자에 지나지 못하며 진우량(陳友諒)은 오히려 약함을 면하지 못하며 원나라 정부는 그 숨소리가 장차 끊어지려 하는데 오직 홍건적 일파의 유복통(劉福通) 등이 기운이 왕성하고 날카로워 중국 남부에서 강성해지며 나라 이름을 명(明)이라 하고 연호(年號)를 용봉(龍鳳)이라 하며 모든 군사가 붉은 수건으로 머리를 매어 식별하게 한 때문에 세상 사람들이 홍건적이라 불렀다. 그들이 여러 차례 사신을 보내어 허실을 살피고 공문을 보내고 예물을 보내 가까이 하고자 하는 뜻을 거짓으로 표시하더니 마지막에는 온 힘을 다하여 우리나라를 침입하였다. 그러나 홍건적은 이전의 다른 북쪽 오랑캐들과는 아주 다른 점이 있으니, 대개 이전의 다른 오랑캐들의 첫 번째 목표는 굴욕적인 맹세를 받아 형제로서의 의를 밝히고는 곧 가버려 자기네들의 위엄만 보였을 뿐이나, 홍건적의 속셈은 전혀 달라 우리나라를 멸망시키고 군현(郡縣)을 설치하고 자기네 백성들을 옮겨 살도록 하고자 하니 그 성질이 임진왜란 때의 왜구와 다른 바가 없다. 만일 최도통과 3원수가 아니었더라면 우리나라가 어찌 나라로 있을 수 있었을까? 이는 다음에서 자세히 말하고자 한다.

1. 제 1 차 서경전투

최도통이 서북별 방어의 임무를 띠고 있을 때 부지런히 오랑캐를 방어할 대책을 궁리하여 1년간의 짧은 시간에 그 이룬 효과가 많았으니, 최도통이 이 임무에 좀 더 오래있었다거나 그렇지 않다면 후임자가 그 약속을 지켰었다면 홍건적이 쳐들어온다 하여도 싸우면 이길 수 있을 것이요 물러나면 지킬 수 있었을 텐데 안타깝구나. 고려 조정의 천박한 생각이여! 하나는 최도통을 1년도 채 못되어 갈아 버렸으며, 둘째는 후임자가 모두 탐학스럽고 무능한 무리이니 그 패배함이 당연한 것이다. 최도통이 궁궐로 돌아온 이튿날 여러 번 상소문을 올려 서북은 중요한 곳이므로 사람을 가려 임명하는 것이 옳다고 하였으나, 온 조정이 들은 체도 하지 않더니 공민왕 8년 홍건적이 글월을 보내 "백성들이 오랫동안 오랑캐의 학정에 빠진 것을 생각하여 의로움을 떨치고 군사를 일으켜 중원을 되찾으려 하는데 동으로는 제나라와 노나라를 넘고 서로는 함곡으로 나아가고 남으로는 민광을 지나고 북으로는 연나라를 지나서 모두 진심으로 복종하기를 주린자가 맛진 음식을 만나고 병든 자가 치료된 것처럼 하니 지금 장수에게 엄중히 주의시키기를 백성을 침해하지 못하게 하고 귀화하는 백성은 어루만져 위로하고 고집하여 대항하는 자는 벌을 줄 것이다(개념생민구함어호(概念生民久陷於胡) 창의거병(倡義擧兵) 회복중원(恢復中原) 동유제노(東踰齊魯) 서출함태(西出函泰) 남과민광(南過廣) 북저유연(北抵幽燕) 실개관부(悉皆款附) 여기자지득고양(如飢者之得膏粱) 병자지우약석(病者之遇藥石) 금령제장계엄(今令諸將戒嚴) 무득요민(無得擾民) 민지귀화자무지(民之歸化者撫之) 집미여거자죄지(執迷旅拒者罪之)"라 전하고 홍건적 승상 모거경(毛居敬)이 4만 군사를 이끌고 얼은 압록강을 건너 의주(義州)를 함락시키고 부사(副使) 주영세(朱永世)를 죽였으며 정주(靜州)와 인주(麟州)의 두주를 함락시키고 도지휘사(都指揮使) 김원봉(金元鳳)을 죽이니, 서경군민만호(西京軍民萬戶) 안우(安祐)와 병마비장(兵馬裨將) 이방실(李芳實)이 1천의 군사로 대항하여 싸우다가 중과부적으로 패하여 돌아가니 서경이 드디어 함락되고 개경이 크게 동요되었다. 모거경이 서경에 들어와 성문을 돌아보고는 "이렇게 좋은 강산에 우리들이 너무 늦게 왔다"고 탄식하고는 한편으로 계속 진격하여 각군을 계속 함락시키고, 한편으로는 그 휘하의 군사들로 하여금 그들이 빼앗은 군현을 지키도록 하였다.

 이듬해 정월에 왕이 최영을 서북면병마사로 삼고 안우를 안주군민도만호(安州軍民都萬戶)로 삼고 이방실을 상만호(上萬戶)로 삼아 적을 진격하도록 하였는데, 최영은 명을 받자 급히 말을 달려 철화역(鐵化驛)에 이르렀다. 당시 날씨가 매우 춥고 군량미도 떨어져 병졸들이 넘어져 슬피 울며 휴식하기를 빌자 최영이 울며 달래기를 "지금 강한 홍건적의 날뜀이 이러하여 서북면 백성들로 비참한 죽음을 당한 자가 수만 명이나 되며 길거리에 흩어진 자도 수십만이 되며 또 홍건적이 한 발짝만 더 옮기면 개경이 지척이다. 만일 일이 잘못되면 화가 사직(社稷)에 미치고 우리의 부모형제도 그들의 손에 죽음을 당하니 어찌 잠시인들 편안히 앉아 적을 더 강성하게 하겠느냐? 너희들은 추위와 배고픔을 참고 나의 말 뒤를 따르라"고 하며 말을 채찍질하여 앞으로 나아가니 병졸들이 눈물을 뿌리며 모두 뒤따랐다.

 서경에 이르러 일부 병력만으로 적을 시험해 보니 적이 성을 나와서 막으니, 모든 군사를 동원하여 돌격하여 이를 크게 격파하고 서경을 되찾았는데, 이때에 동북면천호(東北面千戶) 정신계(丁臣桂)와 중랑장(中郎將) 유당(柳塘)이 마침 도착하여 이들과 힘을 합하여 계속 공격하여 함종(咸從)까지 추격하여 홍건적 2만 명을 베어 죽이고 적의 원수(元帥)를 사로잡으니, 적이 도망하여 압록강에 이르자 이방실이 급히 이를 추격하다가 병사와 말이 지쳐 중지하였다. 그러나 이 싸움에 적은 크게 패하여 안주와 철주 등지가 적의 시체로 가득하였다.

군사를 되돌려 공을 정할 때 안우는 평장정사(平章政事)에, 최영은 좌산기상시(左散騎常侍)에, 이방실은 추밀원부사(樞密院副使)에 제수되었다. 홍건적이 또 전함 70척을 이끌고 서해도를 침입하자 이방실은 용기와 계략으로 이를 격퇴시켜 3천 명의 적을 베어 죽이니 적은 모두 도망하였다.

2. 제 2 차 송경(松京)전투

외국 도적에 대한 근심이 날로 더해 가는데 의자궁(義慈宮)의 취한 꿈은 더욱 깊어가고, 해안가가 걱정스러운데도 포석정(鮑石亭)의 기생놀이가 바야흐로 펼쳐지니, 예로부터 나라를 망하게 하는 임금은 한 바퀴로 이어진다. 홍건적이 이미 물러가자 왕은 생각하기를 자기의 행복이 영원하기 때문에 그렇게 되었다고 하여 놀이를 질탕히 하였으며 신하들이 혹시 간언을 하면 모두 물리치며 군사에 관한 설비를 줄이며 말하기를 어지러워지는 단서라 하더니 그 2년 뒤, 즉 공민왕 10년에 홍건적이 다시 침입하니 정확한 숫자는 알 수 없으나, 적이 스스로 111만이라 하였다. 적이 압록강을 건너 삭주(朔州)를 짓밟거늘 급히 군사를 모아 안우를 상원수(上元帥), 이방실을 도병마사(都兵馬使)로 삼아 막게 하였다. 안우와 이방실이 비록 용맹스러우나 급히 모아 훈련이 안된 무리들로 어찌 능히 강성한 적을 막을 수 있겠는가? 안주읍(安州邑)에서 한번 패하고 파령책(巴嶺柵)에서 또 패하여 위험한 보고가 개경에 이르르자 최도통이 총병관(總兵官) 김용(金鏞)과 함께 금교역(金郊驛)에 나아가 주둔하다가 적의 기세가 강성함을 알아차리고 되달려와 숙위병(宿衛兵)으로 나아가 싸우게 할 것을 왕께 아뢰니 왕이 크게 놀라 "적이 이같이 가깝게 왔는가?"라 하며 재상과 모든 신하들을 불러 피난할 것을 상의하고 도성안의 노약자와 부녀자를 먼저 피하게 하니 사람들이 두려워 어쩔 줄을 몰랐다.

왕이 피난을 떠나려 하자 최도통이 왕의 가마 앞에서 큰 소리로 부르짖으며 간언하기를 "폐하께서 잠시 머무르시며 장정을 모아 도성을 지키소서"라 하였으나 왕과 재상들이 아무도 이말을 듣지 않았다. 이미 안우와 이방실 등이 수도를 지키기 위하여 달려왔으나 사람들이 흩어져 모으지를 못하고 각 군(郡)으로 나누어 나아가 의병을 모집하였다.

왕이 드디어 남쪽으로 피난하려고 숭인문(崇仁門)을 나서니 어린애와 늙은이들이 넘어지며 어머니와 아들이 서로 버려 통곡하는 소리가 들에 가득하여 햇빛마저도 슬펐다. 적이 수도로 진입하더니 원수 주원장(朱元璋)이 명령하기를 "이처럼 아름다운 강토를 다시 얻기 힘드니 너희들은 잘 지키거라"하고 소와 말가죽으로 성을 덮고 물을 부어 얼게 하여 사람들이 올라가지 못하게 하였다.

왕이 복주(福州)로 피난하여 정세운(鄭世雲)으로 총병관(總兵官)을 삼아 모든 군사를 지휘하게 하였고, 공민왕 11년에 정세운이 안우·이방실·최영·김득배(金得倍)·이여경(李餘慶)·황상(黃裳)·한방신(韓方信)·안우경(安遇慶)·이귀수(李龜壽) 등과 함께 20만군을 이끌고 수도를 탈환할 때 마침 눈과 비가 많이 내리자 모든 장수들이 "병졸들이 얼어서 싸우기가 어려우니 잠깐 쉬는 것이 좋겠다"고 말하자 최도통은 "그렇지 않다. 우리가 얼었다면 적군 또한 얼었을 테니 능히 이 추위를 참고이기는 자가 이길 것이지 어찌 추위를 걱정하는가"라 하였다. 이에 이여경 휘하의 호군(護軍) 권희(權僖)가 이에 찬성하여 "상시(常侍)의 말씀이 옳다"고 하고 또 "적의 주력부대가 모두 동쪽 성에 모여있는 것을 내가 탐지하였으니 그들이 생각지 못한 때에 그들을 공격하면 이길 수 있다"고 말하였다. 이튿날 먼동이 틀 무렵 권희가 수십기를 거느리고 북을 울리고 징을 치며 돌격하였고, 그 뒤를 모든 장수들이 따라 급히 쳐서 날이 저물도록 혈전을 벌여 적의 승상원수(丞相元帥) 사류관선생(沙劉關先生)을 죽이고 적병 10여만 명을 베어 죽이니 시체가 성에 가득하며 원 황제의 옥쇄 1개, 금보 1개, 왕인

3개, 금은동 인패(印牌)와 기타 무기들을 많이 노획하였다. 이에 숭인문(崇仁門)과 탄현문(炭峴門)을 닫고 나머지 적을 도망치게 하니 저 분주히 달아나는 패배한 적의 나머지 병사들이 수백리를 줄이어 말발굽 소리와 창칼이 서로 부딪치는 소리가 밤새도록 그치지 않았다.

최영이 총병관(總兵官) 정세운을 달래며 "홍건적은 중국의 여러 오랑캐 가운데 가장 강한 자들이다. 이제 죽을힘을 다하여 여러 차례 수백만의 군사와 양식을 허비하면서도 패하여 참혹한 지경을 당하였으니 지금 우리나라가 만일 싸움에 이긴 여세를 가지고 군사를 이끌고 북으로 진격하면 홍건적의 근거지인 연나라와 제나라 전체가 놀라 대나무 갈라짐과 같을 것이며, 연나라와 제나라를 차지하고 이곳을 의지하여 유리한 기세로 북방의 여러 나라를 대하면 북쪽의 모든 오랑캐 나라들이 단번에 두려워 복종하여 감히 다시 와서 대항치 못할 것이니 격문을 한번 돌려 천하를 평정할 수 있으니 총병관의 뜻은 어떠한가?"라 하자 정세운이 술을 마시다가 기쁜 얼굴이 되며 "과연 최도통의 말이 옳다. 나도 이러한 생각을 지니고 마음속으로만 가만히 셈을 하되

동지가 없는 것을 한탄하였는데, 지금 그대의 말을 들으니 내 마음이 환해진다"고 하였다.

이같이 두장수가 합의하여 은밀히 북벌을 도모하고 있을 때 정세운이 "임금께 상소를 올려 허락을 받은 뒤에 군사를 출동시키는 것이 옳지 않겠는가?"라 하자 최영이 "만일 그렇게 한다면 문서가 왔다 갔다 하는 동안 일이 늦어지고 해이해져서 적군은 다시 기운을 차릴 것이고 우리는 날카로운 기운이 멈추게 되어 일을 성공하기가 매우 어렵다. 지금 생각하기로 군사를 재촉하여 북으로 건너 험준한 곳을 차지하여 근거지로 하고 요동의 양식을 빼앗아 형세를 유리하게 한 뒤에 임금께 아뢰면 조정에서 허락하지 않을 수 없을 것이니 이것이 가장 좋은 방법이다"라고 말하였다. 이에 정세운이 최도통의 손을 잡고 그 위대한 의견에 탄복하였다. 최도통이 또 "지금 서쪽의 중들을 대표하는 현린이 승군 3백명을 거느리고 적을 쳐부수기 위해 수도 근방에 머무르고 있는데, 이 사람은 아주 배짱이 크고 꾀도 많으니 불러서 물어 보는 것이 좋겠다"고 하자 정세운이 허락하고 군의 명령으로 현린을 불러 들였다.

몸에 세속의 티끌이 묻지 않은 낡은 가사를 입고 머리에는 구름과 학과 같이 정결한 새 고깔을 쓰고 바람처럼와서 지팡이로 진영의 문을 두드리니, 겉모습으로 보아서는 그가 속세를 떠난 단지 늙은 중이나 마음을 보면 문득 장한 뜻을 품고 혼란스런 중국을 살펴보던 현린선사이니 이 사람이 어찌 아무 생각없이 여기에 왔겠는가? 문을 지키는 군사가 들어와 알리니 총병관 정세운이 자리에서 일어나 맞아 들였는데 앉을 자리를 정하고 좌우의 사람을 물리니 막장 밖에는 나팔소리만 서로 들리고 막장 안에는 하나의 등불만이 비추고 있는데 등불 아래에 마주 앉은 사람은 천하의 영웅인 정세운 최영 중 현린 세 명뿐이었다. 정세운이 "대사! 올해 침입한 북쪽 오랑캐를 물리친다고 하더라도 내년에 또 침입할 것이고, 내년에 침입하는 적을 물리친다 하더라도 후년에 또 침입할 것이니, 이를 비유한다면 봄날 밭의 풀을 날마다 싹을 자른다 하여도 날마다 싹이 자라는 것과 같으니 만일 그 뿌리를 뽑지 않고 가지나 잎만 베어버린다면 이는 쓸데없고 이로움이 없는 것입니다. 지금 내가 최공과 의논하여 적의 근거지를 때려 부수고

자 하나 반드시 이길 수 있는 방법을 찾을 수 없어 대사의 뛰어난 생각을 묻고자 합니다"고 하자 현린이 "원수의 말씀이 진실로 지당합니다. 우리나라에는 적국을 막는 단 하나의 방법만 있으니, 적이 침입해 오면 이를 피하며 적이 가면 이를 엿보고 지키기만 하고 공격하지는 않으니 이는 패하는 길입니다. 때문에 나도 늘 이를 한탄하는 바이나 다만 병법에 승패의 방법을 설명하며 반드시 '임금이 덕이 있고 장수가 능히 있어야 한다'고 하고 또 옛 사람도 '간신이 조정에 있으면 대장이 능히 밖에서 이기지 못한다'고 하였으니 원수께서는 지금의 조정을 보십시오. 임금의 덕이 어떠하며 신하들이 어떠합니까? 임금은 조용히 손을 모으고 있는데 역적 김용 (金鏞)이 권세를 독차지하고 있으며 원수의 공이 높을수록 역적의 시기가 켜져 모함하려고 하니 지금 원수는 외적만 물리치려 하고 자신에게 미칠 화는 생각치 않고 있으니 그 마음은 과연 충성스럽다 할 수 있으나 생각해 보십시오. 원수가 죽은 뒤에 누가 다시 국가를 위하여 힘을 다할 사람이 있겠습니까? 때문에 제 마음은 원수께서 이 군사를 이끌고 임금 주변의 간악한 무리를 내쫓는다는 구실로 창을 휘둘러 저 간사하고 도리에 어굿난 정부를 개혁하고 조정의 간신을 없앤 뒤에 외적을 토벌하는 것이 일이 순조롭고 공을 이루기가 쉬운 것이나, 지금 이와는 반대로 나라의 정사가 어그러짐이야 어떻든지는 묻지도 않고 밖으로 나와 외적을 쳐부수려 하니 이는 옛말에 전하는 대로 일을 거꾸로 하는 것(도행역시[倒行逆施])입니다. 긴 강을 건너지도 못하여 소인배들이 성공을 시기하며 도깨비 같은 무리들이 큰일을 그르칠 것이니 원수께서 비록 충성스럽고 지혜롭다 하나 장차 무슨 수로 이를 대비하시겠습니까? 북벌은 큰 계획이나 나라 안을 다스리는 것이 더 급하니 바라옵건대 원수께서는 조심하셔서 앞과 뒤의 차례를 잃지 마십시요"라고 말하였다.

아아! 예로부터 대성인과 대영웅의 수단으로도 가끔은 그들이 만난 사회의 습관의 범위를 모두 깨버리지 못하여 스스로 그 마음만 상한다고 하는 비웃음을 받는다. 즉 최도통, 정총병은 한세상에 함께 태어난 거대한 영웅이지만 당시 고려의 어둡고 썩은 의리에 스스로 묶여 거의 다 이룬 공을 끝마치지 못하고 백성의 재앙을 구하지 못하였다. 현린이 중임에도 이처럼 당당한 큰 의

논을 하였지만 정세운도 도리어 크게 놀라고 또 노하여 "네가 일개 중으로서 감히 이처럼 무례한 말을 하는구나. 나에게 새로 갈은 큰칼이 있으니 너를 한 마리 병아리나 썩은 쥐처럼 베어 버릴 것이다"라 하자 현린이 냉정한 웃음을 지으며 돌아갔고 최도통은 조용히 앉아 있었다. 슬프다. 이번 일의 앞길은 분명히 알 수 있다. 공민왕이 임금으로 있고 신하로 김용이 권력을 독차지하고 있으니 어찌 큰 성공을 이룰 수 있겠는가?

슬프다. 적은 나라가 큰 나라를 섬긴다는 어리석은 선비의 잘못된 도리를 최도통이 이미 깨버렸고, 전쟁을 꺼리어 함부로 말을 못하던 당시 사람들의 박혀진 습관을 이미 깨버렸지만 다만 이 한가지(군신관계)는 오히려 깨버리지 못하여 아홉길의 산을 쌓다가 한 삼태기의 흙을 못 부어 공이 어그러지고 말았던 것이다.

살펴보건대 현린은 성현 중에서도 호걸이며 호걸 중에서도 성현이다. 구름이 거두이고 비가 개임에 바람처럼 사라졌다가 때가 위태롭고 일이 급해지면 홀연히 오니 학인가 봉황인가? 그는 과연 누구인가? 최도통과 함께 전해짐이 부끄럽지 않지만 애석하구나. 그의 자취가 거의 없어서 그 사람의 전체를 말할 수 없다. 그러나 그의 능력과 기백은 내가 낮게 평가할 수 없으며 조정안의 간신을 소탕하라는 말로 볼 때 그의 눈동자의 크기가 최도통 보다 컸던 것 같다.

다음날 정세운이 최영과 각 병영의 군사로 부대를 갖추고 길을 나누어 북벌할 일을 의논했는데, 이날 밤 김용이 임금의 명령서를 거짓으로 만들어 안우 이방실 김득배 등의 여러 장수들로 하여금 정세운을 죽이도록 하여 그 후에 임금에게 이 사실을 보고하고 또 원수를 멋대로 죽인 죄로 안우 등 3인도 모두 베어 죽이니 높이 나는 새를 다 잡기도 전에 좋은 활을 급히 감춰 버린 것이다.

애석하다. 하룻밤 사이에 이처럼 급격한 변화가 일어났으니 최도통이 비록 다행히 살았다고는 하나 누구와 함께 북벌을 도모하겠는가? 이 때문에 천개소문(泉蓋蘇文)이 외적을 물리침에 먼저 어리석은 임금을 먼저 내쫓았던 것이니 최도통의 눈으로 이것이 보이지 않았던 모양이다. 이번의 이 일 뿐만 아니라 최도통의 전시기를 놓고 보더라도 제일 큰 흠이 아닌가? 아름다운 구슬에 티가 있음을 나는 감히 감추지 못하겠다.

정세운은 제 2의 인당이 되어 최도통이 현린과 함께 크게 통곡하고 한명은 조정으로 돌아가고, 한명은 산으로 향하니 누가 다시 혼란한 중국의 형편을 묻겠는가? 홍건적이 우리나라에서 패배한 이후에 다시 일어설 힘이 없어 몽고의 기세가 다시 왕성해지고 또 홍건적의 장수 주원장이 봉양(鳳陽)에서 스스로 일어나 점점 강대하여졌는데 이가 곧 훗날의 명태조가 되었다.

생각하건대 최영과 정세운이 현린의 말대로 정부를 개혁한 뒤에 북벌하였거나 또 김용의 거짓 명령서의 화가 일어나지 않아 최영, 정세운 두 명의 장수가 홍건적을 끝까지 쫓고 세력을 중국 남부에까지 확장시켰더라면 주원장이 어느 곳에서 일어날 수 있었겠는가? 아아! 슬프다! 공업을 이루고 이루지 못함을 누가 사람에게 있다 하였던가? 그 또한 하늘이 정한 이치가 있는 것이다.

제8장

최도통의 몽고 방어책

  고려와 몽고와의 관계는 제2, 3장에서 간단히 말한 바와 같으나, 이 최도통 제 8 장은 관계를 한 칼에 끊어 버리는 곳이다. 이미 지나간 사실을 자세히 늘어놓지 않으면 최도통의 민첩함을 볼 수 없기 때문에 저자가 눈물을 머금고 최도통 이전의 치욕스런 역사를 길게 써서 최도통 이후의 영광된 역사를 설명하고자 하니 독자들은 주의하여 읽어주기 바란다.

  무릇 고려의 원종 이후 1백여 년은 우리나라의 주권이 어디 있었고 영토가 어디 있었는가? 겉으로는 전과 다름없이 고려왕조가 있고 3천리 영토가 있었으나, 실제로 보면 이른바 임금은 적의 나라가 멋대로 쫓아 버리는 것이었고 이른바 영토는 적의 나라가 멋대로 빼앗았으니 이때에는 나라가 망한지 이미 오래된 것이었다.

이제 그 빼앗긴 땅을 들어보면 다음과 같으니 첫째는 서해도(지금의 평양이북 일대)로 원종때 빼앗긴 것이고, 둘째는 함길도(지금의 함경도의 반쪽)로 충렬왕때 빼앗긴 것이며, 셋째는 제주로써 원종때 빼앗긴 것이다. 또한 적 나라로부터 내쫓김을 당한 임금을 들어보면 다음과 같으니, 첫째 충렬왕, 둘째 충선왕, 셋째 충혜왕, 네째 충숙왕, 다섯째 충목왕 등이다.

이를 보라! 당시 우리나라가 존재했던가 망하였던 것인가? 근세 국가학자(國家學者)들이 말하기를 국가를 이루기 위한 필요한 조건이 셋이 있는데 첫째는 영토, 둘째는 백성, 셋째는 정치주권이라 하였는데, 나라의 영토를 빼앗고 주는 것이 다른 나라 사람에 달렸으니 영토가 없는 것이고, 임금을 쫓아내는 것이 다른 나라 사람에 달렸으니 이는 주권이 없는 것이요, 그 나머지는 백성뿐이니 국가로서의 모양이 파괴됨이 이미 오래되었을 뿐만 아니라, 또한 이처럼 영토가 없고 주권이 없는 나라에서 사는 백성은 몸뚱이만 있고 살아 움직임은 없는 백성이며 육체만 있고 영혼이 없는 백성이니 아아! 슬프다! 이를 어찌 단군의 자손으로 볼 수 있겠는가?

말하자면 단군자손이 아닌 것은 아니지만 이는 이미 죽은 단군자손의 뼈인 것이다. 이를 또한 어찌 부여종족으로 볼 수 있겠는가? 말하자면 부여종족이 아닌 것은 아니지만 이는 이미 식어버린 부여종족의 피인 것이다. 그 피가 이미 식어 버리고 그 뼈가 이미 죽어 수백 년 동안 무덤 속에 누워 있는 우리나라 백성들이 언제 되살아날 것인가? 이때의 우리나라 역사를 읽음에 한 장 읽으면 눈물 한 움큼이요 두장 읽으면 두 움큼이 나나, 단 하나의 영혼이 최도통 때문에 기운차게 뛴다. 최도통 때문에 기운차게 뛴다. 최도통으로 인하여 기운차게 뛴다.

그러나 수많은 마귀들이 방해하고 수많은 악한 것들이 쌓여 그 활발히 뛰는 길을 막고 영웅의 머리칼을 헛되이 하얗게 하다가 40년이나 지나 강서팔참(江西八站)을 격파하여 영토를 되찾고, 또 10여년이 지나 원나라 오랑캐를 물리쳐 주권을 도로 완전하게 하니 이때 우리나라 사람들이 겨우 우리나라 사람으로서 우리나라에 살게 된 것이다. 지난번 강서팔참을 쳐부술 때 인당이 죽지 않고 최영이 철수하지 않았더라면 우리나라가 일찍 우리나라답게 되었을 것이며, 또한 우리나라가 우리나라답게 될 뿐만 아니라 단군의 옛 영토가 다물(多勿, 옛말로써 영토를 되찾는다는 뜻)의 기쁨을 거두어 고려 백성이 독립의 빛을 드날림이 어렵지 않았을 것이니 애석하도다. 저 어리석은 공민왕의 어리석고 겁 많음이 너무 심하여 거짓 공갈에 넋이 빠지고 얇은 종이쪽에 겁을 먹고 대장을 도리어 베어 죽이고 좋은 기회를 놓치므로 이미 지나간 때의 쓸데없는 꿈만 겹친다. 모든 미친 적들이 모두 우리나라가 약한 것을 깔보아 왜구가 동쪽에서 침입하고 홍건적이 서쪽에서 침입하여 끊임없이 최도통의 마음을 쓰게 하였다.

그러나 공민왕은 단지 어리석은 아이일 뿐이었다. 인당을 죄주어 죽인 것이 모함인 것을 알지 못하고 잘한 것으로 생각하며 최영을 철수하도록 한 것을 잘못한 줄 모르고 교묘한 계책으로 생각하였다. 저 북쪽 원나라는 오랜 교활한 오랑캐 종자로 우리나라를 업신여기다가 갑자기 최영 인당의 두 장수가 작은 나라의 보잘 것 없는 군사를 이끌고 감히 큰 나라를 공격하여 8참을 쳐부수고 적의 수도를 놀라 떨게 하니 이는 몽고를 쳐들어간 이후 괄목할 만한 일이다. 반드시 곧 미친 듯이 화를 내고 즉시 그 큰 입을 벌려 우리나라 산천을 단번에 집어 삼키지 못함을 후회하였을 것이니, 어찌 공민왕의 사과장 하나로 그쳤겠는가? 이는 다만 도적떼가 가득하고 혼란이 계속되어 나라 안의 큰 문제가 자주 있으니, 어느 틈에 멀리 떨어진 우리나라에 와서 예전의 잘잘못을 따질 수 있겠는가? 이 때문에 겉으로는 짐짓 말하기를 "너희들이 인당을 베어 죽였기 때문에 너희의 죄를 용서한다"고 하며 "너희들이 최영을 불러들였기 때문에 우리가 너희의 죄를 용서한다"고 하며 "너희가 순순히 사과하였기 때문에 우리가 너희의 죄를 용서한다"고 하였으나 만일 그 사실을 미루어 보면 인당을 베어 죽이지 않았다 하여도 그들이 어쩔 것이며, 최영을 불러 들이지 않았다 하여도 어떡할 것이며, 또 대군을 출동시켜 연경(燕京)을 곧 함락시킨다 하여도 그들은 어쩔 수 없었을 것이니, 어찌할 수도 없는 그들을 두려워하여 움츠려 사죄한 공민왕이여! 최도통이 칼 한 자루로 백만의 홍건적을 쳐부수니 몽고가 그 틈을 타서 나머지 힘을 모을 수 있었으니, 어찌 편안히 앉아 그해에 빼앗겼던 8참의 수치를 잊을 수 있겠는가? 그들의 침입이 곧 있을 것이나 이때에 또 건망증 환자처럼 어리석게도 가만히 앉아 있던 공민왕이여! 그러나 저들이 어찌할 수 없을 때에는 사죄하고 저들이 침입할 수 있을 때에는 도리어 어리석게도 가만히 앉아 있던 사람이 어찌 공민왕 혼자였던가? 즉 온 조정이 모두 그러했으며 또한 온 나라가 모두 그러하였으니 나라가 쇠약해지는 것을 어찌 면할 수 있겠는가? 오직 최영 정세운 중 현린 3명만이 이를 걱정하여 싸워 이긴 여세로 북방을 공격하여 홍건적을 쳐부수고 북쪽 원나라까지 공격하려 하다가 간악한 모함에 빠져 정세운은 죽고 중 현린은 산으로 돌아가고 최도통은 조용히 있으니 우리나라의 근심이 또 크다. 홍건적이 우리나라에서 패하여 돌아가 군사의 군량미가 다 떨어져 비록 이웃나라의 침입이 없다 하여도 스스로 존재할 수 없었을 것인데, 원나라 승상 백안(白顔)이 이 기회를 틈타 홍건적을 쳐서 남쪽지역을 평정하니 이처럼 원나라가 얻을 수 있었던 것은 곧 우리나라가 내려 준 은혜인 것이다.

그러나 그들이 그 은혜를 잊어버리고 그 분함을 잊지 않아 백년 이래의 오랜 호령으로 우리나라를 다시 침략하고자 할 때 그 핑계는 공민왕이 기철(奇轍)을 죽인 것을 구실로 하였으나 사실은 8참 패배의 오랜 치욕을 앙갚음하려 한 것이다.

조선혁명선언(朝鮮革命宣言)

1

강도 일본이 우리의 국호를 없이 하며, 우리의 정권을 빼앗으며, 우리 생존적 필요조건을 다 박탈하였다. 경제의 생명인 산림·천택(川澤)·철도·광산·어장 내지 소공업 원료까지 다 빼앗아 일체의 생산기능을 칼로 베이며 도끼로 끊고, 토지세·가옥세·인구세·가축세·백일세(百一稅)·지방세·주초세(酒草稅)·비료세·종자세·영업세·청결세·소득세—기타 각종 잡세가 날로 증가하여 혈액은 있는대로 다 빨아가고, 어지간한 상업가들은 일본의 제조품을 조선인에게 매개하는 중간인이 되어 차차 자본집중의 원칙 하에서 멸망할 뿐이요, 대다수 민중 곧 일반 농민들은 피땀을 흘리어 토지를 갈아, 그 1년내 소득으로 일신(一身)과 처자의 호구 거리도 남기지 못하고, 우리를 잡아먹으려는 일본 강도에게 갖다 바치어 그 살을 찌워주는 영원한 우마(牛馬)가 될 뿐이오, 끝내 우마의 생활도 못하게 일본 이민의 수입이 해마다 높은 비율로 증가하여 딸깍발이 등쌀에 우리 민족은 발 디딜 땅이 없어 산으로 물로, 서간도로 북간도로, 시베리아의 황야로 몰리어 가 배고픈 귀신이 아니면 정처 없이 떠돌아다니는 귀신이 될 뿐이며,

강도 일본이 헌병정치·경찰정치를 힘써 행하여 우리 민족이 한발자국의 행동도 임의로 못하고, 언론·출판·결사·집회의 일체의 자유가 없어 고통의 울분과 원한이 있어도 벙어리의 가슴이나 만질 뿐이오, 행복과 자유의 세계에는 눈뜬 소경이 되고, 자녀가 나면, "일어를 국어라, 일문을 국문이라"하는 노예양성소 - 학교로 보내고, 조선 사람으로 혹 조선사를 읽게 된다 하면 "단군을 속여 소전오존의 형제" 라 하며, "삼한시대 한강 이남을 일본 영지"라 한 일본 놈들 적은대로 읽게 되며, 신문이나 잡지를 본다 하면 강도정치를 찬미하는 반일본화(半日本化)한 노예적 문자뿐이며, 똑똑한 자제가 난다 하면 환경의 압박에서 염세절망의 타락자가 되거나 그렇지 않으면 〈음모사건〉의 명칭 하에 감옥에 구류되어, 주리를 틀고 목에 칼을 씌우고 발에 쇠사슬 채우기, 단근질·채찍질·전기질, 바늘로 손톱 밑과 발톱 밑

을 쑤시는, 수족을 달아매는, 콧구멍에는 물 붓는, 생식기에 심지를 박는 모든 악형, 곧 야만 전제국의 형률사전에도 없는 가진 악형을 다 당하고 죽거나, 요행히 살아 옥문에서 나온대야 종신 불구의 폐질자가 될 뿐이다. 그렇지 않을지라도 발명 창작의 본능은 생활의 곤란에서 단절하며, 진취 활발의 기상은 경우(境遇)의 압박에서 소멸되어 "찍도 쨱도" 못하게 각 방면의 속박·채찍질·구박·압제를 받아 환해 삼천리가 일개 대감옥이 되어, 우리 민족은 아주 인류의 자각을 잃을 뿐 아니라, 곧 자동적 본능까지 잃어 노예로부터 기계가 되어 강도 수중의 사용품이 되고 말 뿐이며,

  강도 일본이 우리의 생명을 초개(草芥)로 보아, 을사이후 13도의 의병 나던 각 지방에서 일본군대의 행한 폭행도 이루 다 적을 수 없거니와, 즉 최근 3·1운동 이후 수원·선천 등의 국내 각지부터 북간도·서간도·노령·연해주 각처까지 도처에 거민을 도륙한다, 촌락을 불 지른다, 재산을 약탈한다, 부녀를 욕보인다, 목을 끊는다, 산 채로 묻는다, 불에 사른다, 혹 일신을 두 동가리 세 동가리로 내어 죽인다, 아동을 악형한다, 부녀

의 생식기를 파괴한다 하여 할 수 있는 데까지 참혹한 수단을 써서 공포와 전율로 우리 민족을 압박하여 인간의 〈산송장〉을 만들려 하는 도다.

이상의 사실에 의거하여 우리는 일본 강도정치 곧 이족통치가 우리 조선민족 생존의 적임을 선언하는 동시에, 우리는 혁명수단으로 우리 생존의 적인 강도 일본을 살벌함이 곧 우리의 정당한 수단임을 선언하노라.

2
내정독립이나 참정권이나 자치를 운동하는 자가 누구이냐.

너희들이 〈동양평화〉〈한국독립보존〉 등을 담보한 맹약이 먹도 마르지 아니하여 삼천리강토를 집어 먹던 역사를 잊었느냐?

"조선인민 생명·재산·자유 보호", "조선인민 행복증진" 등을 거듭 밝힌 선언이 땅에 떨어지지 아니하여 2천만의 생명이 지옥에 빠지던 실제를 못 보느냐? 3.1운동

이후에 강도 일본이 또 우리의 독립운동을 완화시키려고 송병준·민원식 등 한 두 매국노를 시키어 이따위 광론을 외침이니, 이에 부화뇌동하는 자가 맹인이 아니면 어찌 간사한 무리가 아니냐?

설혹 강도 일본이 과연 관대한 도량이 있어 개연히 이러한 요구를 허락한다 하자. 소위 내정독립을 찾고 각종 이권을 찾지 못하면 조선민족은 일반의 배고픈 귀신이 될 뿐이 아니냐? 참정권을 획득한다 하자. 자국의 무산계급 혈액까지 착취하는 자본주의 강도국의 식민지 인민이 되어 몇 개 노예 대의사(代議士)의 선출로 어찌 아사의 화를 면하겠는가? 자치를 얻는다 하자. 그 어떤 종류의 자치임을 묻지 않고 일본이 그 강도적 침략주의의 간판인 〈제국〉이란 명칭이 존재한 이상에는, 그 지배하에 있는 조선인민이 어찌 구구한 자치의 헛된 이름으로써 민족적 생존을 유지하겠는가?

설혹 강도 일본이 불보살(佛菩薩)이 되어 하루아침에 총독부를 철폐하고 각종 이권을 다 우리에게 환부하며, 내정 외교를 다 우리의 자유에 맡기고, 일본의 군대와 경찰을 일시에 철환하며, 일본의 이주민을 일시에 소환하고 다만 헛된 이름의 종주권만 가진다 할지라도 우리가 만일 과거의 기억이 전멸하지 아니하였다 하면, 일본을 종주국으로 봉대한다 함이 〈치욕〉이란 명사를 아는 인류로는 못할지니라.

일본 강도 정치 하에서 문화운동을 부르는 자가 누구이냐?

문화는 산업과 문물의 발달한 총적(總積)을 가리키는 명사니, 경제약탈의 제도 하에서 생존권이 박탈된 민족은 그 종족의 보존도 의문이거든, 하물며 문화발전의 가능이 있으랴? 쇄망한 인도족·유태족도 문화가 있다 하지만, 하나는 금전의 힘으로 그 조상의 종교적 유업을 계속함이며, 하나는 그 토지의 넓음과 인구의 많음으로 상고(上古)에 자유롭게 발달한 문명의 남은 혜택을 지킴이니, 어디 모기와 등에 같이, 승냥이와 이리같이 사람의 피를 빨다가 골수까지 깨무는 강도 일본의 입에 물린 조선 같은 데서 문화를 발전 혹 지켰던 전례가 있더냐? 검열·압수, 모든 압박 중에 몇몇 신문·잡지를 가지고 〈문화운동〉의 목탁으로 스스로 떠들어 대며, 강도의 비위에 거슬리지 아니할 만한 언론이나 주창하여 이것을 문화 발전의 과정으로 본다 하면, 그 문화 발전이 도리어 조선의 불행인가 하노라.

이상의 이유에 의거하여 우리는 우리의 생존의 적인 강도 일본과 타협하려는 자나 강도 정치 하에서 기생하려는 주의를 가진 자나 다 우리의 적임을 선언하노라.

3

강도 일본의 구축(驅逐)을 주장하는 가운데 또 다음과 같은 논자들이 있으니,

제1은 외교론이니, 이조 5백년 문약정치(文弱政治)가 외교로써 호국의 좋은 계책으로 삼아 더욱 그 말세에 대단히 심하여 갑신(甲申)이래 유신당(維新黨)·수구당(守舊黨)의 성쇠가 거의 외원의 도움의 유무에서 판결되며, 위정자의 정책은 오직 갑국을 끌어당겨 을국을 제압함에 불과하였고, 그 믿고 의지하는 습성이 일반 정치사회에 전염되어 즉 갑오·갑신 양 전역에 일본이 수

십만 명의 생명과 수억만의 재산을 희생하여 청·노 양
국을 물리고, 조선에 대하여 강도적 침략주의를 관철하
려 하는데 우리 조선의 "조국을 사랑한다. 민족을 건지
려 한다"하는 이들은 일검일탄으로 어리석고 용렬하며
탐욕스런 관리나 국적에게 던지지 목하고, 탄원서나 열
국공관(列國公館)에 던지며, 청원서 나 일본정부에 보내
어 국세(國勢)의 외롭고 약함을 애소(哀訴)하여 국가 존
망·민족사활의 대문제를 외국인 심지어 적국인의 처분
으로 결정하기만 기다리었도다. 그래서 〈을사조약〉〈경
술합병〉 - 곧 〈조선〉이란 이름이 생긴 뒤 몇 천년 만
에 처음 당하던 치욕에 대한 조선민족의 분노적 표시가
겨우 하얼빈의 총, 종로의 칼, 산림유생의 의병이 되고
말았도다.

 아! 과거 수십 년 역사야말로 용기 있는 자로 보면 침
을 뱉고 욕할 역사가 될 뿐이며, 어진 자로 보면 상심
할 역사가 될 뿐이다. 그러고도 국망 이후 해외로 나가
는 모모 지사들의 사상이, 무엇보다도 먼저 외교가 그
제1장 제1조가 되며, 국내 인민의 독립운동을 선동하
는 방법도 "미래의 일미전쟁(日美戰爭)·일로전쟁 등 기

회"가 거의 천편일률의 문장이었고, 최근 3·1운동의 일반 인사의 〈평화회의〉〈국제연맹〉에 대한 과신의 선전이 도리어 2천만 민중의 용기 있게 힘써 앞으로 나아가는 의기를 없애는 매개가 될 뿐이었도다.

제2는 준비론이니, 을사조약의 당시에 열국공관에 빗발 돋듯 하던 종이쪽지로 넘어가는 국권을 붙잡지 못하며, 정미년의 헤이그밀사도 독립회복의 복음을 안고 오지 못하매, 이에 차차 외교에 대하여 의문이 되고 전쟁이 아니면 안되겠다는 판단이 생기었다. 그러나 군인도 없고 무기도 없이 무엇으로써 전쟁하겠느냐? 산림유생들은 춘추대의에 성패를 생각지 않고 의병을 모집하여 아관대의로 지휘의 대장이 되며, 사냥 포수의 총든 무리를 몰아가지고 조일전쟁(朝日戰爭)의 전투선에 나섰지만 신문 쪽이나 본 이들 - 곧 시세를 짐작한다는 이들은 그리할 용기가 아니 난다. 이에 "금일 금시로 곧 일본과 전쟁한다는 것은 망발이다. 총도 장만하고, 돈도 장만하고, 대포도 장만하고, 장관이나 사졸감까지라도 다 장만한 뒤에야 일본과 전쟁한다"함이니, 이것이 이른바 준비론 곧 독립전쟁을 준비하자 함이다. 외세의 침입이 더할수록 우리의 부족한 것이 자꾸 감각되어, 그 준비론의 범위가 전쟁 이외까지 확장되어 교육도 진흥해야 겠다, 상공업도 발전해야 겠다, 기타 무엇 무엇 일체가 모두 준비론의 부분이 되었다. 경술 이후 각 지사들이 혹 서·북간도의 삼림을 더듬으며, 혹 시베리아의 찬바람에 배부르며, 혹 남·북경으로 돌아다니며, 혹 미주나 하와이로 돌아가며, 혹 경향(京鄕)에 출몰하여 십여 년 내외 각지에서 목이 터질 만치 준비! 준비!를 불렀지만, 그 소득이 몇 개 불완전한 학교와 실력이 없는 단체뿐이었다. 그러나 그들의 성의의 부족이 아니라 실은 그 주장의 착오이다. 강도 일본이 정치·경제 양 방면으로 구박을 주어 경제가 날로 곤란하고 생산기관이 전부 박탈되어 입고 먹을 방책도 단절되는 때에, 무엇으로 어떻게 실업을 발전하며, 교육을 확장하며, 더구나 어디서 얼마나 군인을 양성하며, 양성한들 일본 전투력의 백분의 일의 비교라도 되게 할 수 있느냐? 실로 한바탕의 잠꼬대가 될 뿐이로다.

이상의 이유에 의하여 우리는 〈외교〉 〈준비〉 등의 미몽을 버리고 민중 직접혁명의 수단을 취함을 선언하노라.

4

조선민족의 생존을 유지하자면, 강도 일본을 쫓아내어야 할 것이며, 강도 일본을 쫓아내려면 오직 혁명으로써 할 뿐이니, 혁명이 아니고는 강도 일본을 쫓아낼 방법이 없는 바이다.

그러나 우리가 혁명에 종사하려면 어느 방면부터 착수하겠는가?

구시대의 혁명으로 말하면, 인민은 국가의 노예가 되고 그 위에 인민을 지배하는 상전 곧 특수세력이 있어 그 소위 혁명이란 것은 특수 세력의 명칭을 변경함에 불과하였다. 다시 말하면 곧 〈을〉의 특수세력으로 〈갑〉의 특수세력을 변경함에 불과하였다. 그러므로 인민은 혁명에 대하여 다만 갑·을 양세력 곧 신·구 양 상전의 누가 더 어질며, 누가 더 포악하며, 누가 더 선하며, 누가 더 악한가를 보아 그 향배를 정할 뿐이요, 직접의 관계가 없었다. 그리하여 "임금의 목을 베어 백성을 위로한다"가 혁명의 유일한 취지가 되고 "한 도시락의 밥과 한 종지의 장으로써 임금의 군대를 맞아들인다"가

혁명사의 유일미담이 되었거니와, 금일 혁명으로 말하면 민중이 곧 민중 자기를 위하여 하는 혁명인 고로 〈민중혁명〉이라 〈직접 혁명〉이라 칭함이며, 민중 직접의 혁명인 고로 그 비등·팽창의 열도가 숫자상 강약 비교의 관념을 타파하며, 그 결과의 성패가 매양 전쟁학상의 정해진 판단에서 이탈하여 돈 없고 군대 없는 민중으로 백만의 군대와 억만의 부력(富力)을 가진 제왕도 타도하며 외국의 도적들도 쫓아내니, 그러므로 우리 혁명의 제일보는 민중각오의 요구니라.

민중이 어떻게 각오하는가?

민중은 신인이나 성인이나 어떤 영웅호걸이 있어 〈민중을 각오〉하도록 지도하는 데서 각오하는 것도 아니요, "민중아, 각오하자" "민중이여, 각오하여라" 그런 열렬한 부르짖음의 소리에서 각오하는 것도 아니다.

오직 민중이 민중을 위하여 일체 불평·부자연·불합리한 민중향상의 장애부터 먼저 타파함이 곧 〈민중을 각오케〉하는 유일한 방법이니, 다시 말하자면 곧 먼저 깨

달은 민중이 민중의 전체를 위하여 혁명적 선구가 됨이
민중 각오의 첫째 길이다.

 일반 민중이 배고픔, 추위, 피곤, 고통, 처의 울부짖
음, 어린애의 울음, 납세의 독촉, 사채의 재촉, 행동의
부자유, 모든 압박에 졸리어 살려니 살 수 없고 죽으려
하여도 죽을 바를 모르는 판에, 만일 그 압박의 주인
되는 강도정치의 시설자인 강도들을 때려누이고, 강도
의 일체 시설을 파괴하고, 복음이 사해(四海)에 전하여
뭇 민중이 동정의 눈물을 뿌리어, 이에 사람마다 그
〈아사(餓死)〉 이외에 오히려 혁명이란 일로가 남아 있
음을 깨달아, 용기 있는 자는 그 의분에 못 이기어, 약
자는 그 고통에 못 견디어, 모두 이 길로 모여들어 계
속적으로 진행하며 보편적으로 전염하여 거국일치의 대
혁명이 되면, 간활 잔포한 강도 일본이 필경 쫓겨 나가
는 날이리라. 그러므로 우리의 민중을 깨우쳐 강도의
통치를 타도하고 우리 민족의 신생명을 개척하자면 양
병 10만이 폭탄을 한번 던진 것만 못하며 억 천 장 신
문 잡지가 일회 폭동만 못할 지니라.

민중의 폭력적 혁명이 발생치 아니하면 그만이거니와, 이미 발생한 이상에는 마치 낭떠러지에서 굴리는 돌과 같아서 목적지에 도달하지 아니하면 정지하지 않는 것이다. 우리의 경험으로 말하면 갑신정변은 특수세력이 특수세력과 싸우던 궁궐 안 한 때의 활극이 될 뿐이며, 경술 전후의 의병들은 충군애국의 대의로 분격하여 일어난 독서계급의 사상이며, 안중근·이재명 등 열사의 폭력적 행동이 열렬하였지만 그 후면에 민중적 역량의 기초가 없었으며, 3·1운동의 만세소리에 민중적 일치의 의기가 언뜻 보였지만 또한 폭력적 중심을 가지지 못하였도다. 〈민중·폭력〉 양자의 그 하나만 빠지면 비록 천지를 뒤흔드는 소리를 내며 장렬한 거동이라도 또한 번개같이 수그러지는 도다.

 조선 안에 강도 일본이 제조한 혁명 원인이 산같이 쌓였다. 언제든지 민중의 폭력적 혁명이 개시되어 "독립을 못하면 살지 않으리라", "일본을 쫓아내지 못하면 물러서지 않으리라"는 구호를 가지 고 계속 전진하면 목적을 관철하고야 말지니, 이는 경찰의 칼이나 군대의 총이나 간활한 정치가의 수단으로도 막지 못하리라.

혁명의 기록은 자연히 처절하고 씩씩한 기록이 되리라. 그러나 물러서면 그 후면에는 어두운 함정이요, 나아가면 그 전면에는 광명한 활기이니, 우리 조선민족은 그 처절하고 씩씩한 기록을 그리면서 나아갈 뿐이니라.

이제 폭력—암살· 파괴 ·폭동—의 목적물을 열거하건대,

조선총독 및 각 관공리
일본천황 및 각 관공리
정탐꾼·매국적
적의 일체 시설물

이외에 각 지방의 신사나 부호가 비록 현저히 혁명운동을 방해한 죄가 없을지라도 만일 언어 혹 행동으로 우리의 운동을 지연시키고 중상하는 자는 우리의 폭력으로써 마주할 지니라. 일본인 이주민은 일본 강도정치의 기계가 되어 조선민족의 생존을 위협하는 선봉이 되어 있은즉 또한 우리의 폭력으로 쫓아낼지니라.

5

혁명의 길은 파괴부터 개척할지니라. 그러나 파괴만 하려고 파괴하는 것이 아니라 건설하려고 파괴하는 것이니, 만일 건설할 줄을 모르면 파괴할 줄도 모를 지며, 파괴할 줄을 모르면 건설할 줄도 모를지니라. 건설과 파괴가 다만 형식상에서 보아 구별될 뿐이요, 정신상에서는 파괴가 곧 건설이니 이를테면 우리가 일본 세력을 파괴하려는 것이 제1은, 이족통치를 파괴하자 함이다. 왜? 〈조선〉이란 그 위에 〈일본〉이란 이민족 그것이 전제(專制)하여 있으니, 이족 전제의 밑에 있는 조선은 고유적 조선이 아니니, 고유적 조선을 발견하기 위하여 이족통치를 파괴함이니라.

제2는 특권계급을 파괴하자 함이다. 왜? 〈조선민중〉이란 그 위에 총독이니 무엇이니 하는 강도단의 특권계급이 압박하여 있으니, 특권계급의 압박 밑에 있는 조선민중은 자유적 조선민중이 아니니, 자유적 조선민중을 발견하기 위하여 특권계급을 타파함이니라.

제3은 경제약탈제도를 파괴하자 함이다. 왜? 약탈제도

밑에 있는 경제는 민중 자기가 생활하기 위하여 조직한 경제가 아니고 민중을 잡아먹으려는 강도의 살을 찌우기 위하여 조직한 경제니, 민중생활을 발전하기 위하여 경제 약탈제도를 파괴함이니라.

제4는 사회적 불평균을 파괴하자 함이다. 왜? 약자 위에 강자가 있고 천한 자 위에 귀한 자가 있어 모든 불평등을 가진 사회는 서로 약탈, 서로 박탈, 서로 질투·원수시하는 사회가 되어, 처음에는 소수의 행복을 위하여 다수의 민중을 해치다가 말경에는 또 소수끼리 서로 해치어 민중 전체의 행복이 필경 숫자상의 공(空)이 되고 말 뿐이니, 민중 전체의 행복을 증진하기 위하여 사회적 불평등을 파괴함이니라.

제5는 노예적 문화사상을 파괴하자 함이다. 왜? 전통적 문화사상의 종교·윤리·문학·미술·풍속·습관 그 어느 무엇이 강자가 제조하여 강자를 옹호하던 것이 아니더냐? 강자의 오락에 이바지하던 도구가 아니더냐? 일반 민중을 노예화하게 했던 마취제가 아니더냐? 소수 계급은 강자가 되고 다수 민중은 도리어 약자가 되어 불의의 압제를 반항치 못함은 전혀 노예적 문화사상의 속박을 받은 까닭이니, 만일 민중적 문화를 제창하여 그 속박의 철쇄를 끊지 아니하면, 일반 민중은 권리 사상이 박약하며 자유 향상의 흥미가 결핍하여 노예의 운명 속에서 윤회할 뿐이다. 그러므로 민중문화를 제창하기 위하여 노예적 문화사상을 파괴함이니라.

다시 말하자면 〈고유적 조선의〉 〈자유적 조선민중의〉 〈민중적 경제의〉 〈민중적 사회의〉 〈민중적 문화의〉 조선을 건설하기 위하여 〈이족통치의〉 〈약탈제도의〉 〈사회적 불평등의〉 〈노예적 문화사상의〉 현상을 타파함이니라. 그런즉 파괴적 정신이 곧 건설적 주장이라. 나아가면 파괴의 〈칼〉이 되고 들어오면 건설의 〈깃발〉이 될지니, 파괴할 기백은 없고 건설하고자 하는 어리석은 생각만 있다 하면 5백년을 경과하여도 혁명의 꿈도 꾸어보지 못할지니라. 이제 파괴와 건설이 하나요 둘이 아닌 줄 알진대, 민중적 파괴 앞에는 반드시 민중적 건설이 있는 줄 알진대, 현재 조선민중은 오직 민중적 폭력으로 신조선(新朝鮮) 건설의 장애인 강도 일본 세력을 파괴할 것뿐인 줄을 알진대, 조선민중이 한 편이 되고 일본강도가 한 편이 되어, 네가 망하지 아니하면 내가 망하게 된 〈외나무다리 위〉에 선 줄을 알진대, 우리 2천만 민중은 일치로 폭력 파괴의 길로 나아갈지니라.

민중은 우리 혁명의 대본영(大本營)이다.
폭력은 우리 혁명의 유일 무기이다.
우리는 민중 속에 가서 민중과 손을 잡고 끊임없는 폭력 - 암살· 파괴·폭동으로써,
강도 일본의 통치를 타도하고,
우리 생활에 불합리한 일체 제도를 개조하여,
인류로써 인류를 압박치 못하며,
사회로써 사회를 수탈하지 못하는 이상적 조선을 건설할지니라.

1923년 1월
의열단義烈團